Chapitre I

La nouvelle la faucha comme une balle en plein cœur. Sans savoir comment, elle se retrouvait à s'accrocher à sa table de travail. Les croquis dansaient devant ses yeux une farandole désordonnée. La nausée tenaillait son estomac. Elle retenait difficilement les reflux acides qu'elle sentait monter dans son œsophage.

Elle déglutit péniblement. Une boule d'angoisse lui obstruait la gorge, empêchant l'air de circuler dans ses poumons. Son cœur cognait furieusement comme s'il voulait sortir de sa poitrine.

Laurent est donc revenu. Cette phrase revenait de manière impérieuse à ses oreilles, comme une ritournelle. La ville elle-même semblait hurler la nouvelle, par les fenêtres des maisons, le klaxon des voitures, les bruits de la circulation.

La nouvelle imprégnait la moindre particule de poussière dans l'atmosphère autour d'elle. Péniblement, elle gagna la salle de bains de son atelier, s'assit sur le rebord de la baignoire en essayant tant bien que mal de reprendre son souffle. Elle glissa doucement par terre, la tête contre ses genoux, pour retrouver un peu de calme face à cette tempête qui risquait d'emporter l'équilibre qu'elle a mis des années à construire.

Lilly soupira longuement et des sanglots convulsifs lui déchirèrent la gorge. Les sons heurtaient son palais faisant écho à une profonde peine qu'elle croyait avoir vaincue. Sa première pensée cohérente fut de partir tout de suite, prendre la fuite et tout laisser derrière elle.

Elle croisa doucement les bras autour d'elle, pour se bercer comme elle le faisait souvent avec Sissi sa fille de 5 ans.

À l'évocation de son enfant, un semblant de tranquillité se fit dans son esprit. Sissi, son roc, sa raison de vivre et de se battre, lui permit dans l'instant de réguler cette vague de panique qui l'avait balayée quelques minutes plus tôt.

Elle se leva, s'aspergea le visage d'eau fraîche et se regarda dans le miroir. Elle avait en face d'elle la jeune fille d'il y a huit ans. Elle fixa son reflet avec étonnement essayant de retrouver la femme qu'elle était devenue. Celle qui avait survécu, qui avait appris à marcher la tête droite et qui avait une enfant à charge.

Au bout de quelques minutes, Lilly se reprit suffisamment et regagna son studio. Elle s'assit perdue dans ses pensées. Saisissant un crayon à la pointe finement taillée elle se remit à son dessin. Elle réfléchit à l'épreuve des jours à venir, au regard des gens, aux chuchotements. Les spéculations les plus diverses allaient se répandre à son sujet. Elle gérera, comme elle avait géré il y a huit ans. Un peu rassérénée par cette décision, Lilly se concentra sur son dessin.

Elle allait s'accrocher à sa routine de travail et à sa vie de maman pour faire face.

Laurent est revenu, la belle affaire.

Elle mit son téléphone en mode vibreur et enclencha le répondeur de l'atelier. Elle ne serait là pour personne, pas avant d'avoir recouvré un peu de sa paix intérieure.

Elle sourit furtivement en pensant que si elle avait écouté ses tantes et engagé une assistante, elle aurait pu lui laisser gérer les appels de cette journée de travail qui allait se révéler des plus épuisantes.

Elle consulta sa montre et constata que les heures avaient filé sans qu'elle en ait eu conscience. Elle se secoua et se remit à son dessin, sidérée de voir que malgré elle, sa main avait ébauché un visage aux traits marqués, dominants, au nez aristocratique, à la bouche ferme et bien dessinée, aux lèvres pleines légèrement rieuses. Des yeux gris très expressifs, des yeux de brume, des yeux d'orage.

Lilly se mit à trembler nerveusement, en pensant avec amertume que ses tourments ne s'arrêteront jamais. Les années passant elle avait cru avoir enterré ce fantôme. Mis son cœur à l'abri des bouleversements que ces yeux provoqueraient immanquablement. Elle dut se rendre à l'évidence, les murailles qu'elle avait érigées se sont effondrées à la seule évocation de son prénom.

— Qu'est ce que je vais bien pouvoir faire ! cria-t-elle à elle-même.

Avec rage, elle se leva, repoussa d'un geste violent la chaise qui se fracassa au sol. Elle se mit à arpenter son bureau en pleurant de dépit. Elle finit par se planter devant les hautes fenêtres du bureau, et regarda de manière distraite la rue paisible sans la voir vraiment.

L'alarme de son téléphone la tira de sa torpeur. Elle alla dans la salle de bains se rafraîchir, retoucha son maquillage afin d'effacer les ravages que la nouvelle avait creusés sur ses traits.

Elle éteignit son ordinateur ainsi que la lampe de table. Elle attrapa ses clés, son sac, puis sortit pour récupérer sa fille à l'école.

— Que le cirque commence, dit-elle à haute voix, tout en se maudissant pour cette mauvaise habitude de parler toute seule à intelligible voix.

Lilly respira plusieurs fois, avant de tourner la clé dans le démarreur. Elle déboîta calmement et prit la direction de l'école de Sissi. Elle introduisit dans le lecteur un disque de la dernière comédie en vogue de Disney. Sa fille en était friande et allait chanter à tue-tête si tôt assise dans la voiture. Elle fredonna un peu la mélodie répétitive et se sentit reprendre le contrôle d'elle-même.

Elle se gara à l'endroit habituel en décidant qu'elle allait rester dans le véhicule, ne se sentant pas la force de converser avec les autres parents. Comme elle était tout le temps surbookée, personne ne la soupçonnera de se cacher.

Sissi déboula comme une fusée, un sourire en banane éclaira son petit visage de lutin. Lilly eut juste le temps de sortir de la voiture pour la réceptionner dans ses bras et la couvrir de baisers fiévreux.

— Comment va ma louloute !

La petite projeta sa tête en arrière avec un rire claironnant.

— Je ne suis pas une louloute, je suis une fille.

— Tu es une louloute, ma princesse de louloute.

Lilly sangla sa petite fille dans le siège enfant, attacha les ceintures de sécurité, et reprit le volant, soulagée d'avoir échappé aux interrogations des quelques parents qui connaissaient son histoire personnelle. Elle leur fit de grands gestes de la main et s'empressa de filer avec Sissi qui toute contente, chantait un des morceaux de la comédie musicale qui pulsait dans la voiture. La jeune femme ne put s'empêcher de sourire en voyant son bébé se balancer au rythme de la chanson.

Cette enfant tient décidément de son père, pensa-t-elle. Elle a un amour démesuré pour la musique.

— On va où maman ? demanda la fillette d'une voix un peu fatiguée. Je dors où aujourd'hui ?

— On va chez nos tantes ma chérie, répondit la maman. Et tu dors à la maison ce soir, maman a moins de travail aujourd'hui.

— Chouette, je vais manger du gâteau à l'orange

— Comme si tu n'en mangeais pas à la maison. Arrête de me faire passer pour une mère indigne, s'il te plaît.

L'enfant se contenta de rire en regardant malicieusement sa mère. Cette plaisanterie revenait sur le tapis à chaque fois qu'elle emmenait sa fille chez les tantes qui l'avaient élevée. Lilly avait perdu ses parents dans un accident de voiture. Les sœurs de sa mère l'avaient prise chez elles et s'étaient consacrées à son éducation. Sa situation d'orpheline, à part le chagrin qu'elle occasionna les premières années, ne marqua pas sa jeune vie durablement. Elle reçut tout l'amour, la tendresse et la bienveillance dont elle avait besoin pour grandir avec confiance.

La voiture à peine arrêtée que la petite fille se mit à gigoter en voulant se défaire des ceintures de son siège.

— Tu vas cesser de bouger, sinon je te laisse dans la voiture et je vais manger du gâteau toute seule, lui dit Lilly en frottant son nez contre celui de la fillette.

Elle lui prit la main, releva la tête pour découvrir ses deux tantes sur le porche de la maison, comme les sentinelles qu'elles ont toujours été dans sa vie.

Sissi courut vers elles en jetant son sac au sol, que sa mère ramassa avec un sourire ravi.

Les deux sœurs se disputèrent un moment les faveurs de l'enfant, avant de venir enlacer leur nièce. En se regardant, elles surent que la plus jeune du trio était déjà au courant de la nouvelle. Elles se contentèrent d'un sourire en la serrant plus fort contre elles deux.

Sans un mot les trois femmes précédées de l'enfant regagnèrent la maison.

Lilly poussa un soupir de bien-être, en entrant dans la cuisine qui sentait le café chaud et le gâteau à l'orange. Elle s'assit pour regarder ses tantes s'affairer auprès de Sissi, lui enlevant le léger manteau qu'elle portait, lui laver les mains et la hisser sur sa chaise, devant un verre de lait.

Lilly se détendit pour de bon. Dans cette maison elle était à l'abri des tempêtes. Ce lieu a toujours été son refuge, et à ses tantes elle pouvait tout dire. Ces femmes se sont toujours parlé sans fard.

Mia regarda sa nièce en coin, et lui tendit une tasse de café.

— Qu'est ce que tu vas faire ?

— Que veux-tu que je fasse. Je ne peux pas lui interdire de revenir dans sa ville sous prétexte que j'y vis. Et puis tout ça c'est de l'histoire ancienne.

— Tu en es sûre ! rétorqua Mia tout en regardant sa sœur, attendant son intervention.

— Il n'y a que Lilly qui peut savoir si c'est une histoire ancienne, répondit cette dernière.

— Je vous en prie ! Cela fait huit ans, dit Lilly qui haussa légèrement le ton, tout en s'accrochant à sa tasse.

— On ne peut pas oublier aussi facilement, répondit Évelyne d'une voix douce, quand on a aimé un homme comme tu as aimé Laurent. Et puis les amours de jeunesse sont les plus puissants.

Lilly se contenta de fixer sa tante sans répondre.

— Comment l'as-tu su ? reprit Mia, lui passant une main tendre dans les cheveux.

— J'écoutais la radio, j'ai cru que c'était une plaisanterie. Mais le journaliste a confirmé en citant le nom de l'entreprise. Alors là, je n'ai plus eu de doute.

— Qu'est ce que cela t'a fait ?

— J'étais surprise, je ne m'attendais pas à cela. En fait je ne m'attendais à rien, mais cette annonce m'a fait un choc.

— Je veux bien te croire dit Évelyne.

Lilly ne répondit pas. Elle ferma les yeux en buvant une longue gorge de café.

— Tu ne pourras pas l'éviter, tu sais. Vous allez forcément vous croiser en ville.

— Je sais. J'essaye d'intégrer cette idée depuis que j'ai appris la nouvelle. Ne vous en faites pas, dit-elle en prenant les mains de ses tantes dans les siennes. Ne vous en faites pas, j'ai été surprise, c'est tout. Je saurai gérer la situation.

— On le sait, la rassura Mia. On s'inquiète juste pour les implications. On n'aimerait pas que toute cette affaire perturbe ton travail. Tu as tellement investi pour cette nouvelle collection.

— Cela aura forcément un impact, fit valoir Évelyne.

— Je ne vois pas pourquoi, riposta Lilly avec trop de force. Seigneur ! Il ne va pas bouleverser mon existence, il saura garder ses distances. Nous avons chacun notre vie, et c'est un homme de parole, je ne crois pas qu'il recherchera ma compagnie. Il aura d'autres choses à faire de son temps.

— Si tu le dis.

— Comment ça ! explosa-t-elle. Il m'a sorti de sa vie, je l'ai sorti de la mienne point final. Écoutez, leur dit-elle en se calmant. J'ai mon travail, j'ai ma fille et vous, je n'ai pas besoin de lui. Il a préféré une autre, et j'ai fait une croix sur cette histoire. Je vous en prie, laissez tomber.

— Comme tu voudras ma chérie. Je veux juste que tu sois prête. Il y aura plein de gens qui voudront savoir ce qu'implique ce retour dans ta vie.

— Il ne revient pas dans ma vie ! s'exclama Lilly. Il revient dans sa ville dans sa famille, je ne fais pas partie de l'équation.

— Il a divorcé de Fabienne.

— Et cela change quoi? Elle regarda ses tantes d'un air atterré. Vous pensez que je vais reprendre notre histoire parce qu'il a divorcé ? Vous allez vite en besogne je trouve. Qui vous dit que je le veux, et pire qui vous dit que lui me veut. Nous sommes en train de faire des spéculations oiseuses pour une histoire terminée depuis huit ans, sous prétexte que Laurent revient en ville.

— Excusez-moi, dit-elle en se levant. Sissi tombe de sommeil, je vais aller la coucher.

— Va donc ma chérie, chuchota Mia, elle caressa les cheveux de la petite à moitié endormie.

Lilly prit sa fille dans ses bras et grimpa à l'étage. Elle déshabilla la fillette, la borda dans son lit avec une irrésistible envie de s'étendre à côté d'elle pour se reposer et fuir dans le sommeil. Mais elle descendit retrouver ses tantes dans la cuisine.

— Je sais que vous vous faites du souci pour moi, dit-elle en s'adossant contre un grand buffet, comme pour reprendre des forces. Cette histoire est bel et bien terminée. Quand Laurent a choisi d'épouser Fabienne, j'ai beaucoup souffert, mais maintenant c'est fini.

— Si tu as besoin de nous, tu sais que nous serons toujours là.

Évelyne la prit dans ses bras, frotta tendrement sa joue contre celle de sa nièce en souriant.

— Je sais, vous êtes les valeurs éternelles de ma vie avec Sissi. En parlant de ça, vous êtes toujours d'accord pour garder ce petit diable pendant la préparation de la collection ? Je dois encore faire le tri définitif des modèles et des mannequins. Et j'ai déjà plein de croquis en tête pour la prochaine saison.

Elle pencha légèrement la tête, en souriant à ses tantes.

— J'ai décidé de suivre votre conseil, je vais engager une assistante.

Mia lui jeta un regard soupçonneux.

— Depuis le temps qu'on te tanne pour le faire, il a fallu que tu te décides aujourd'hui !

— Et pourquoi pas, fit Lilly en haussant les épaules. J'ai de plus en plus de travail. Je ne veux pas m'empoisonner la vie avec l'administratif et les tâches de tous les jours. Je vais engager Fanny, qu'en penses-tu ?

— C'est un bon choix ma chérie. Tu peux avoir confiance en elle, vous vous connaissez depuis la maternelle. Ça te fera une compagnie quand tu restes des heures entières dans ton atelier.

— Je vais devoir lui aménager un bureau agréable. Je pourrai aller chiner des meubles pour l'installer, à moins que vous puissiez m'aider.

— Laisse-nous prendre cela en charge, lui répondit Évelyne qui s'est toujours piquée de décoration. On doit avoir des meubles dans le grenier qui lui conviendraient très bien.

— Merci, vous me sauvez.

— Comme d'habitude, mon cœur. Nous sommes là pour ça, ne t'inquiètes pas on se charge de tout.

— Tu es toujours d'accord pour le bal du printemps, demanda Évelyne en regardant sa sœur avec un air de conspirateur.

Lilly pas dupe de la manœuvre, haussa un sourcil en souriant.

— Si vous voulez savoir si j'ai terminé vos robes, il suffit de me le demander ! On peut faire les essayages dans deux jours, si cela vous convient.

Ses tantes la serrèrent dans leurs bras en riant aux éclats.

Le bal de printemps organisé par le maire dans le cadre somptueux de sa résidence, est l'évènement mondain incontournable. Et grâce à leur nièce, tous les ans, depuis cinq ans qu'elle a créé sa maison de couture, les deux sœurs faisaient sensation avec des toilettes audacieuses, tout en étant élégantes et raffinées. Ce qui faisait enrager certaines de leurs connaissances.

— Sissi et toi, vous serez en blanc comme toujours, lui demanda Mia.

— Bien entendu, répondit Lilly, pour cette occasion je me suis inspirée des années trente.

— Vous allez être délicieuses toutes les deux.

— N'est-ce pas le cas tous les ans ! Sans vouloir paraître prétentieuse, répliqua la jeune femme en riant elle aussi.

C'est dans cette chaleureuse ambiance qu'elles passèrent le reste de la journée. En début de soirée, Lilly prit congé de ses tantes en embarquant une Sissi gavée jusqu'aux yeux de gâteaux, crêpes et autres douceurs.

Le lendemain, se levant à l'aube, Lilly se dit qu'elle pourra survivre aux évènements si elle s'en tient à son travail et commença à organiser sa journée.

Elle consulta sa liste de tâches :

Emmener Sissi à l'école.

Recevoir les chaussures et autres accessoires pour son défilé.

Appeler Fanny pour le poste d'assistante.

Commander les fleurs.

Passer en ville prendre sa commande de tissus.

Faire des courses pour sa fille et elle.

— Bon, se dit-elle, il y a de quoi bien remplir la journée.

Chapitre II

L'aéroport grouillait de monde. Laurent s'étonna de cette effervescence. Il respirait à pleins poumons, heureux de se retrouver dans les lieux de son enfance et son adolescence. Il chaussa des lunettes de soleil et se rendit au comptoir Hertz pour récupérer la voiture qu'il avait commandée.

Il n'avait pas accepté que sa mère lui envoie une voiture avec chauffeur. Il souhaitait refaire connaissance avec sa ville tout en douceur.

Il savait que les médias avaient longuement commenté son retour. Et ça le soûlait déjà de penser à toutes les réceptions où il allait devoir se rendre. Donc, il désirait profiter de ces quelques moments de solitude. Il était en tête à tête avec lui-même et cela lui convenait tout à fait. Non qu'il soit un grand solitaire, il avait juste besoin de se retrouver.

Il savait aussi que son retour impliquait un certain nombre de décisions à prendre. Il y avait des questions auxquelles il allait lui falloir répondre. Il tenait à faire la paix avec lui-même avec ses choix.

Revenir chez lui, c'est régler des comptes avec sa vie. Adopter enfin une nouvelle façon de travailler. Il avait beaucoup délégué à ses collaborateurs pour prendre le recul nécessaire aux changements qu'il entendait opérer dans son existence.

Il lui faudrait désormais accorder la priorité à son fils. Il ne voulait pas reproduire les erreurs de son père qu'il n'avait pu vraiment approcher que par le travail. Il s'est déterminé à faire autrement pour lui, pour sa vie. Accorder du temps à son petit garçon, faire des activités avec lui, suivre de près sa scolarité, être son point d'ancrage. Lui donner toute cette complicité qui lui avait manqué enfant, adolescent et jeune homme. Il n'était pas question qu'il rate son rôle de père.

A l'entrée de Cagnes sur mer, il baissa les vitres avant de la voiture pour laisser entrer l'air marin.

Le port était calme en ce milieu de journée. Il adopta une conduite souple, sans à-coups, et se laissa envelopper par les senteurs et les bruits de la mer.

Dieu ! Que son pays, sa ville lui ont manqué.

Implanter l'entreprise à l'international s'était révélé une fabuleuse opportunité pour échapper à un mariage qui virait au cauchemar. Il était encore consterné de constater la vitesse avec laquelle les choses s'étaient mises à se dégrader. Il ne pouvait rentrer chez lui sans subir une litanie de reproches de sa femme.

Elle refusait de comprendre tout ce que cela impliquait de se faire une place dans une terre étrangère où tout le monde vous attendait aux tournants. On ne se fait pas de cadeaux dans le monde des affaires. Sa capricieuse de femme n'avait jamais voulu le comprendre. Madame était tellement habituée à être le centre du monde, que faire des efforts pour aider son mari lui paraissait une tâche insurmontable.

Elle se plaignait de ne jamais avoir de temps pour elle. Il lui avait payé une immense maison avec une armée de domestiques, une nounou pour leur fils, et Fabienne trouvait toujours que ce n'était pas assez. Elle voulait qu'il se rende disponible pour des évènements mondains, alors qu'il avait à peine le temps de dormir.

Ses crises de nerfs, sa colère et ses récriminations avaient fini par avoir raison de lui.

Il avait pourtant tout fait pour lui faire plaisir, jusqu'à ce qu'il se rende à l'évidence qu'être heureuse pour sa femme était une notion inconnue. Elle n'était satisfaite de rien.

À la fin, elle ne cachait plus ses aventures. Elle s'affichait avec ses amants à toutes les manifestations mondaines où elle aurait aimé se montrer avec son mari.

Elle se saoulait de plus en plus et lui riait au nez à la moindre remarque.

Il avait fini par se résoudre à divorcer, le jour du sixième anniversaire de Paul.

Fabienne partie avec un de ses amants, s'était contentée d'envoyer un cadeau à leur fils. Il lui avait fallu expliquer à l'enfant en larmes que maman était malade, qu'elle était en maison de repos. Ce jour-là, Laurent se jura que personne ne fera de mal à son fils tant qu'il pourra l'empêcher. Il appela son avocat et entama les démarches pour la séparation.

Le divorce fut prononcé aux torts de Fabienne. Elle ne s'était jamais donné la peine de répondre aux diverses convocations du juge se défaussant sur son avocat. Devant l'évident manque d'intérêt manifesté par la jeune mère, quand enfin elle daigna apparaître au tribunal, le juge trancha en faveur du père. Laurent obtint la garde exclusive de son fils. Il autorisa toutefois Fabienne à voir Paul à chaque fois qu'elle en faisait la demande. Il n'était absolument pas question qu'il priva son enfant de sa mère.

Depuis, Laurent s'arrangeait pour être plus présent pour son bébé, lui donner autant d'amour qu'il pouvait, afin de lui faire oublier la conduite indigne de sa mère. Pourtant il n'était pas satisfait, quelque chose manquait. Il lui avait fallu du temps pour comprendre qu'il désirait un cadre plus sécurisant pour l'enfant. Alors, il prit la décision de rentrer au pays, chez lui. Dans la maison familiale, il pourra se reconstruire et donner à Paul un endroit où il pourrait s'épanouir et retrouver ses petits-cousins. Son fils était trop sérieux à son goût, il voulait l'entendre rire, faire le fou, vivre avec insouciance.

Perdu dans ses pensées, il contourna la place de la mairie et se gara près du petit café dans lequel il retrouvait ses copains après les cours, ou le week-end, pour jouer aux cartes, au billard et parler de filles. Il resta un moment à observer ce lieu qui avait tant représenté pour lui.

Une bouffée de nostalgie lui fit presque monter les larmes aux yeux. Il s'ébroua en s'accusant de devenir sentimental en vieillissant.

Il reprit sa route en se promettant de revenir faire un tour, histoire de s'acclimater et retrouver la franche camaraderie qui lui manquait tellement dans son travail. Il avait besoin de rire lui aussi, de faire le pitre. L'insouciance de sa jeunesse était perdue à jamais. Il avait trop de responsabilités, mais il pouvait renouer avec ses amis. Du moins, ceux avec lesquels il avait toujours maintenu le contact.

Fort de ses réflexions, il s'engagea dans l'allée de la propriété en donnant un petit coup de klaxon comme à son habitude pour signaler qu'il arrivait.

Aussitôt, il vit venir à lui sa mère entourée de sa gouvernante, son frère et sa sœur et toute la ribambelle d'enfants. Carole sa sœur était l'heureuse maman de quatre magnifiques gamins.

Tout le monde l'embrassa, lui souhaita la bienvenue. Il rentra dans la maison avec ses neveux accrochés à ses jambes de pantalon.

— Où est Paul ? demanda-t-il en cherchant son fils des yeux.

— Il est à la pêche avec Henri, lui répondit sa sœur. Ses deux là sont devenus inséparables. Paul est tellement heureux ici, merci de nous l'avoir envoyé en avance on en a pleinement profité.

Laurent mit les mains dans ses poches et fit un tour sur lui-même pour englober tout le monde. Un sourire béat aux lèvres, il pensa à la chance qu'il avait de faire partie d'une telle famille. Il était plus qu'heureux de retrouver son clan.

Une fois seul dans sa chambre, il s'empressa de défaire ses valises. Il avait hâte de retrouver ses marques, de redevenir le fils de la maison.

Il ouvrit toutes les fenêtres, et s'installa sur le balcon pour contempler le jardin dont une partie était restée à l'état presque sauvage. Il se rappelait qu'étant enfant, c'était cette partie qu'il préférait. C'était là qu'il jouait avec son frère et leurs amis à être un bandit de grand chemin, un prince et sa cour. Voilà pourquoi aussi il avait voulu revenir. Il aimerait voir Paul escalader les arbres, hurler de rire dans les fourrés pour se faire peur, courir après les lapins. Il resta là un bon moment à savourer le relatif silence, doucement mâtiné des mille et un petits bruits de la vie de la famille.

Après une douche, il s'habilla et descendit tranquillement à la cuisine pour voir Maria.

— Alors, rit-il doucement en l'enveloppant dans ses bras. On est contente de me revoir.

La vieille gouvernante au bord des larmes redressa fièrement la tête et le regarda au fond des yeux.

— Je suis heureuse que tu sois revenu.

Le tenant par les mains, elle l'éloigna d'elle un instant pour le scruter longuement, puis le serra fort contre son frêle corps.

— Je suis vraiment contente de retrouver mon petit, et son petit, ajouta-t-elle malicieusement. Je te fais un café, assieds-toi.

Laurent prit place sur une chaise en allongeant les jambes, et l'observa s'affairant à lui faire son café.

Il explosa de rire en la voyant hésiter entre la cafetière italienne et la machine à expresso.

— Maria, fais mois un café comme tu aimes, pas la peine de jouer ta femme moderne avec moi.

Elle rit aussi et saisit la cafetière.

— Ta mère essaie de m'éduquer. Elle veut m'apprendre à vivre dans la modernité du temps.

— C'est ton temps à toi qui me plaît.

— Flatteur, tu as toujours été un beau parleur.

— Mais tu n'as jamais voulu t'enfuir et te marier avec moi. La preuve que je ne suis pas si doué.

— J'avais des choses plus importantes à faire.

— Tu me brises le cœur, méchante femme. Il lui prit la tasse de café des mains et la retint un instant.

— Dis-moi, comment va Paul ? Je ne l'ai pas encore vu, il est à la pêche.

— Il va mieux. Il s'ouvre tous les jours un peu plus. Il a une petite tendance à être solitaire comme son grand-père, mais je ne m'inquiète pas. Il se mêle bien aux autres enfants, il a été invite à deux anniversaires depuis qu'il est là.

Elle se pencha vers lui, pour l'embrasser.

— Ne t'angoisse pas, il va bien. Tu es un père fantastique, cet enfant t'adore.

— A-t-il parlé de sa mère ? L'a-t-il réclamé ?

— Non, mais ils se sont parlé deux fois au téléphone.

Laurent soupira de soulagement. C'est déjà ça, son ex-femme avait appelé.

Il lui avait fait la promesse de ne pas restreindre ses contacts avec le petit garçon et il avait toujours tenu parole. Qu'elle l'ait appelé, lui fit prendre conscience qu'il craignait toujours que son ex tire un trait sur son fils. Elle est tellement égocentrique.

Laurent resta à discuter à la cuisine avec Maria, jusqu'à ce qu'il entende la voix du garçonnet qui expliquait avec des cris enthousiastes ses aventures du jour.

Il courut le rejoindre, pour participer à cette intéressante conversation.

— Bonsoir mon chéri, fit-il en ouvrant grand les bras.

L'enfant poussa un hurlement de joie et se propulsa dans les bras de son père en riant aux éclats.

— Papa, tu es là !

Il n'entendit pas le reste de la phrase tant il serrait dans ses bras ce petit être qui était devenu le centre de son univers.

— Papa ! protesta l'enfant, tu m'étouffes.

— J'en profite, répliqua son père, en riant. Car très bientôt tu t'estimeras trop grand pour les câlins. Alors cette pêche, comment c'était ?

Et l'enfant de raconter avec une évidente exagération que son cousin Henri et lui-même avaient attrapé un poisson si énorme, qu'ils avaient failli boire la tasse en tentant de le ramener sur les bords de l'étang.

Laurent scruta intensément son fils. Il s'étourdissait du son de sa voix, de son rire. L'enfant parlait en faisant de grands gestes, une habitude héritée de son grand-père maternel.

Lui posant une main sur la tête, Laurent ramena le petit garçon vers lui.

— Il est temps d'aller prendre un bain et te changer, nous allons bientôt dîner mon chéri. Je monte avec toi si tu veux !

— Non, Maria a déjà préparé mes affaires.

— Bon, alors je te laisse te débrouiller. Je vais voir maman.

Après un dernier baiser, il relâcha son fils et prit la direction du bureau du rez-de-chaussée. Il frappa doucement à la porte et entra en entendant la voix de sa mère.

— Que fais-tu toute seule ici ? lui demanda-t-il en s'asseyant sur le bras de son fauteuil.

— Je regardais des photos. Tu es devenu un homme tellement important, j'ai besoin de me replonger dans mes souvenirs, quand vous étiez petits.

— Pourquoi cette nostalgie ? Tout le monde est là autour de toi.

— Oh, tu sais le poids du temps qui passe. Ça me plaît de voir la famille s'agrandir, malgré les soucis je me sens privilégiée. Mes enfants ne m'ont apporté que de la joie et mes petits-enfants sont adorables.

— Tu parles ! fit Laurent en calant son menton contre les cheveux de sa mère. On a failli te rendre folle avec nos pitreries. Tu te débrouillais tout le temps toute seule. Papa n'était jamais là et nous accumulions les sottises. C'est drôle, dit-il en se levant, quand on devient parent soi-même, on se rend compte combien ce rôle est difficile. Je suis tout le temps anxieux, me demandant si j'ai fait ce qu'il fallait pour le bonheur de mon fils. Je n'avais jamais cru possible de pouvoir aimer autant un autre être.

— C'est le lot des parents, mon fils, mais ne te tourmente pas. Paul commence à retrouver son équilibre, ça lui fait du bien de vivre ici avec nous.

Elle observa un long silence et finit par lâcher d'une voix très basse.

— Tu dois te préparer à la voir.

Laurent se crispa. Les mains dans les poches il alla s'installer devant une fenêtre du bureau. Debout, Il observa la nuit tomber doucement, en couvrant d'une lumière obscure les massifs du jardin.

— Cela finira par arriver, insista sa mère.

— Je sais, répondit-il sans se retourner. Je sais et je ne suis pas prêt. Je n'ai pas voulu y penser.

— Les gens n'oseront pas te questionner, mais ils vont être à l'affût. La nouvelle de ton retour a fait le tour de la ville, c'est l'unique sujet de conversation du moment. Elle doit être au courant maintenant.

— Elle va vouloir m'éviter, je ne lui en voudrai pas. À sa place je ferai la même chose.

— Tu seras étonné par la femme qu'elle est devenue. Je ne crois pas qu'elle t'en veuille encore, elle n'est pas rancunière. Les premiers temps, elle blêmissait à l'évocation de ton nom et doucement elle s'est apaisée.

— Elle vit toujours avec ses tantes ?

— Non, elle a sa maison.

— Que fait-elle ?

— À ton avis, sa passion de toujours.

— Elle s'en sort ?

— Elle a créé sa marque, et monté sa propre maison de couture. Tout le gratin se l'arrache.

— Elle a dû beaucoup changer !

— Non, pas comme tu le sous-entends. L'argent et le succès ne l'ont pas abîmée. Elle vit plus luxueusement certes, mais elle vit simplement. Elle voit toujours ses amis, elle s'implique un peu dans la vie sociale, sans trop en faire, tu sais comment elle est.

— Elle sera au bal ? Non, elle a horreur de cette manifestation.

— Si ! Elle vient tous les ans avec sa …

— Avec qui ? Ses tantes, je présume.

— Oui ses tantes, s'empressa de répliquer Geneviève mal à l'aise. Mais elle ne reste pas longtemps.

— Oui, je m'en doute. Elle applique le temps de présence obligatoire.

Ce souvenir le fit rire silencieusement. Avec une infinie tristesse, Il se rappela la première fois où il avait fallu la traîner presque de force pour la montrer à son bras. Elle avait longuement négocié, tergiversé pour finir par établir le principe du temps de présence obligatoire. Elle reste une heure aux mondanités, et deux si elle est en bonne compagnie.

Ça n'avait donc pas changé, pensa Laurent en se frottant le menton. Il sursauta quand sa mère glissa une main sous son bras. Il était perdu dans ses pensés et ne s'était pas rendu compte qu'elle continuait à lui parler. Il lui caressa doucement la main.

— Il n'y aura pas de problème. Je ne suis pas revenu pour elle. Et de toute façon elle ne voudra plus de moi après ce que j'ai fait.

— Mais pourquoi ! Pourquoi as-tu commis une folie pareille ? demanda sa mère en lui secouant vigoureusement le bras. Je n'ai jamais compris une telle décision. Dis-moi pourquoi ?

— J'avais mes raisons, répondit Laurent brutalement.

Devant le mouvement de recul de sa mère, il la prit dans ses bras. Il voulait lui cacher son visage ravagé par la souffrance. Avec elle il n'a jamais su porter un masque.

— C'est de l'histoire ancienne, finit-il par dire après le long silence méditatif qui s'était établi entre eux. Elle m'a oublié et c'est mieux pour tout le monde.

Après le diner et l'histoire lue à Paul, Laurent entra dans sa chambre, ferma les fenêtres. Il se mit au lit tout habillé et sans ouvrir les draps. Il savait qu'il n'allait pas dormir. Pourtant contre toute attente, sitôt couché, il plongea dans un profond sommeil sans rêve. C'est le jour filtrant à travers les rideaux que Maria venait de tirer qui le réveilla.

Cette dernière se contenta de le regarder sans un mot et quitta la chambre.

Laurent prit sa douche et après s'être habillé, il entra dans la chambre de son fils. Il la trouva vide mais imprégnée de l'odeur de son enfant. Il ramassa le pyjama roulé en boule par terre, le déposa sur l'oreiller après l'avoir soigneusement plié. Il prit les chaussons jetés n'importe comment et les mit sous le lit, puis descendit prendre son petit-déjeuner.

Il salua tout le monde. Se servit un grand café. Il souleva Paul qu'il cala sur ses genoux. Il le regarda manger ses céréales tout en buvant son café.

— Pas la peine que je te fasse des toasts, gronda une Maria mécontente.

— Pour te faire plaisir femme de mon cœur je prendrai des toasts et ta confiture spéciale.

Le visage de la gouvernante s'éclaira d'un doux sourire et toute contente, elle lui prépara un plateau en fredonnant.

— Qu'est-ce que tu vas faire aujourd'hui ? lui demanda sa mère.

— Je vais passer à l'école, on m'avait demandé des papiers pour Paul. Je dois aussi aller à l'usine pour la commande de flacons et au bureau pour de la paperasse. J'ai plein de choses à revoir concernant mon installation et le transfert du siège.

— J'aurais pu aller à l'école.

— Et me priver du plaisir de retrouver les souvenirs de me pires bêtises. Voir ces lieux va me remettre en selle maman. Mais je te remercie de garder Paul, je risque de rentrer tard.

— Prendre soin de mon petit-fils n'est pas une obligation, c'est un bonheur.

— Je sais, je sais, fit Laurent en se levant. Il embrassa son fils puis sa mère et prit Maria dans ses bras pour la faire tournoyer.

— Bon, je file.

Il évita prestement un coup de torchon et sortit poursuivi par le rire de Maria.

Il fit avancer la voiture dans l'allée au point mort. Epuisé par une vie trépidante, à courir après chaque minute, il s'était résolu à prendre le temps de faire chaque chose qu'elle soit importante ou non. C'est sa façon à lui de se réapproprier son présent.

Il suivit d'instinct les routes qu'il connaissait par cœur, en réfléchissant à l'organisation de sa journée. Il avait conclu un accord avec son frère, désormais il allait se consacrer plus à la partie création. Cela fait des années qu'il muselait son inventivité au profit des affaires de l'entreprise. Il entendait changer complètement l'ordre de ses priorités.

Son frère qui s'est révélé être un excellent gestionnaire, prendrait la suite au pied levé. Ce qui lui avait facilité les choses afin de transférer le siège de la société en France.

Oh oui ! Il était heureux d'être rentré, de retrouver la terre de son enfance. Son travail l'avait obligé à beaucoup voyager. Être par monts et par vaux, l'avait complètement vidé. Mais à présent, il aimerait parcourir le monde, pour le plaisir de la découverte, pour rencontrer vraiment les gens et s'imprégner de leur culture.

Arrivé en ville, il se gara en face du bâtiment de son ancienne école, quand son cœur manqua un battement, avant de se remettre à cogner fiévreusement contre sa cage thoracique. Pris d'un vertige soudain, il resta figé à contempler la silhouette qui se mouvait dans son champ de vision.

C'est elle.

Il n'avait pas besoin de voir son visage. Il connaît parfaitement la ligne de ses épaules. Cette façon unique de rejeter la tête en arrière.

Il l'observa pétrifié sortir une petite fille rigolarde de sa voiture. Elle l'entourait de ses bras comme le trésor le plus précieux sur terre. Elle riait aux éclats et chuchotait à l'oreille de l'enfant qui répondait par un rire tonitruant et des couinements.

Mon Dieu ! Lilly a donc une famille. Il ne savait plus s'il avait envie de pleurer, cogner sur quelque chose ou se jeter sous une voiture.

Il resta là, statufié à la regarder comme s'il n'avait jamais vu de femme avant elle. Comme s'il n'avait jamais vécu avant de la voir, de la retrouver. Une violente nausée l'obligea à poser la tête sur le volant, il respira profondément pour retrouver son souffle.

Dans un état second, il sortit de la voiture, traversa la rue à toute vitesse. Il ne devait pas la laisser partir sans lui parler. Cela lui devenait impossible. Il mit les mains dans les poches de sa veste pour se donner une contenance, toussota bruyamment.

Lilly se retourna en sursautant. Elle le découvrit blême, la regardant comme on regarde un mirage. Il vit sa main trembler sur le col de l'enfant. Mais elle se reprit très vite. Ils se dévisagèrent longtemps sans échanger une parole.

— Tu t'appelles comment ? Tu connais ma maman ?

La voix de la fillette finit par les sortir de leur transe.

Laurent avala péniblement sa salive, fixa attentivement la petite.

— Je suis un ami, dit-il avec hésitation, en cherchant des yeux l'approbation de Lilly.

Sa voix était rocailleuse, presque tremblante.

Lilly fit un pas en arrière pour augmenter la distance entre eux, serrant sa fille contre ses jambes comme une ultime protection.

— C'est un ami que maman n'a pas vu depuis longtemps, répondit-elle doucement à sa fille.

— Bonjour Laurent. Comment vas-tu ?

Elle le regarda fixement attendant une réponse qui tardait tant il la dévorait des yeux. Il palissant de plus en plus. Il finit par se passer les mains dans les cheveux, clignant des yeux, il baissa la tête vers la petite.

— Je vais bien. Je suis rentré. Ajouta-t-il bêtement.

— Oui, je vois ça.

Il releva brusquement la tête, pensant qu'elle faisait de l'ironie, mais il ne put capter son regard. Elle se tenait debout devant lui et pourtant il la sentit lointaine, presque évanescente.

— Qu'est ce que tu fais là ?

— J'apporte des papiers pour l'inscription de Paul. Il se balança un peu avant d'ajouter, Paul est mon fils.

— Je sais, murmura-t-elle.

Elle poussa la fillette devant elle, et disparut sans un mot de plus.

Il la regarda s'éloigner droite, les épaules légèrement en arrière, digne comme une reine.

Il avait oublié combien il aimait la regarder marcher. Cette légèreté dans la silhouette, cette grâce toute naturelle, lui tordit les entrailles. Il resta là à la contempler, la détailler comme pour se la réapproprier, pour retrouver tout ce qu'il n'avait jamais oublié. Défait par cette rencontre, il se contenta de glisser les papiers dans la boîte aux lettres de l'école et tourna les talons.

Il monta dans sa voiture, et prit le chemin de son bureau. L'usine attendra.

Si tôt arrivé, Laurent ferma sa porte. Il se rua sur le téléphone pour composer le numéro de la maison. En entendant la voix de sa mère, il se mit à crier.

— Pourquoi ne me l'as-tu pas dit ? Pourquoi !

— Te dire quoi mon chéri.

— Elle a une fille.

— Oh ! Tu as donc vu Lilly, s'exclama sa mère.

— Elle était devant l'école. Pourquoi tu ne m'as pas dit qu'elle était mariée qu'elle avait des enfants ?

— Elle n'est pas mariée et elle n'a qu'une fille.

La réponse le foudroya sur place.

— Qui est le père ? Je le connais ?

— Chéri, ce n'est pas à moi de te le dire.

— Mais c'est à toi que je le demande, hurla-t-il. Dis-moi.

Geneviève garda le silence un moment, réfléchit à sa réponse et finit par chuchoter.

— C'est Emmanuel Erickson le pianiste.

— Ils vivent ensemble.

— Non. Je t'en prie mon chéri, ces questions tu dois les poser à Lilly. Je n'ai pas le droit de parler de sa vie privée. S'il te plaît mon garçon.

— Je l'aime maman.

— Je sais, répondit-elle doucement en raccrochant.

Laurent resta prostré dans son fauteuil à fixer la lourde table en bois qui lui servait de bureau. Il a fallu qu'il la voie pour que toutes ces bonnes résolutions fondent comme neige au soleil.

— Qu'est ce que je vais faire mon Dieu ?

— Tu vas te battre, raisonna une voix dans la pièce.

Il sauta d'un bond hors de son fauteuil, se cognant douloureusement les genoux.

— Hugues ! Depuis quand es-tu là ?

— Un bon quart d'heure. Je ne voulais pas te déranger. J'ai su que tu l'avais rencontrée en voyant ta tête.

— Tu étais où ? demanda Laurent l'air perdu.

— À l'accueil. Tu es passé sans me voir ni répondre aux salutations de ton personnel.

— Je suis désolé. Je ne pensais pas que j'allais être aussi chamboulé de la revoir.

— Tu es dévasté mon vieux. Pourquoi tu ne l'as pas épousée elle ? C'est un mystère pour tout le monde.

— J'avais mes raisons, dit Laurent machinalement.

— C'est la soupe que tu as servie à maman, rétorqua Hugues en croissant les bras et toisant son frère. Moi je ne marche pas, je veux savoir. Tu es revenu, et tu souffres, je veux savoir.

— J'avais quelque chose à sauver. Je ne peux pas t'en dire plus. Je t'en prie Hugues, accorde-moi un peu de temps.

— Comme tu veux, soupira ce dernier agacé. Bon, par quoi veux-tu commencer ?

— Où vais-je travailler ?

— Je t'ai fait monter un laboratoire entier. J'ai contacté les fournisseurs pour qu'ils se mettent à ta disposition. Les grossistes en fleurs ont déjà livré les diverses commandes, j'ai tout conditionné. Dis-moi ? Tu es certain de vouloir travailler seul, tu ne veux pas engager un nez en renfort.

— Non. Ce projet est trop personnel, je ne veux pas d'ingérence extérieure. Après avoir compulsé des chiffres pendant des années, je veux retrouver mes automatismes de parfumeur, je veux tâtonner, échouer ou réussir seul.

— Tu sais que ce parfum sera très attendu, cela fait dix ans que tu n'as rien inventé.

— Une raison de plus pour que je travaille tout seul, lui confia Laurent. Et puis toi tu seras là, j'ai toujours eu confiance en ton jugement, et Carole fera le cobaye comme d'habitude.

À l'évocation de sa sœur, un grand sourire étira les lèvres de Laurent. Persuadé, qu'il allait l'entendre protester qu'elle empeste la cocotte.

Depuis qu'il était adolescent, il faisait toujours sur elle ses expériences de mélange des fragrances. Son premier parfum lui était spécialement dédié et ce fut un succès phénoménal. Il ne voyait pas de raison de changer ses habitudes.

— Je vais l'appeler, reprit-il en regardant son frère. Je vais la soudoyer avec un repas et les récits de mon voyage en Orient. Elle ne pourra pas résister.

Ils éclatèrent de rire tous les deux, retrouvant leur vieille complicité.

— Tu m'as tellement manqué frangin, lui dit Hugues, la voix nouée par l'émotion.

— Toi aussi, tu m'as manqué, lui répondit Laurent en contournant la table pour prendre son frère dans ses bras.

Et c'est dans cette posture que les trouva Carole en faisant irruption dans le bureau.

— Et moi ! s'exclama-t-elle en les entourant de ses bras. Moi on m'oublie.

— Comment pourrait-on oublier la monumentale peste qu'est notre unique sœur.

Laurent la prit dans ses bras, lui caressant les épaules.

Sa sœur s'accrochait à son cou, lui faisait sentir combien elle était heureuse qu'il soit rentré au bercail.

Ils se firent servir du café, et comme à leur habitude formaient un cercle parfait pour discuter des projets à venir.

À les voir têtes penchées parlant tranquillement tous les trois, on sentait qu'ils étaient plus que proches. L'entente entre les deux frères et la sœur était totale. Ils faisaient front ensemble, sachant pouvoir compter à tout moment sur leur soutien inconditionnel commun. Ils mirent au point le calendrier de travail de la semaine. Au moment où chacun allait vaquer à ses occupations, Hugues regarda sa sœur d'un air interrogateur.

— Quoi ! dit Carole interloquée.

— Laurent a vu Lilly.

Ce dernier gémit et foudroya son frère du regard.

Carole alla vérifier que la porte était bien fermée, puis les mains derrière le dos, elle se mit à déambuler dans la pièce. Son manège dura quelques minutes, tout le monde s'observait sans souffler mot. La jeune femme finit par s'asseoir auprès de Laurent lui prenant les mains, elle lui sourit gentiment.

— Parle-moi, dit-elle tout doucement comme on parle à un enfant.

— C'est papa, répondit ce dernier presque dans un sanglot.

— Qu'est ce que papa vient faire là-dedans ! s'exclama Hugues.

— Il m'a demandé de sauver l'entreprise.

— Je ne comprends pas !

— Il avait fait des investissements hasardeux, nous avions perdu beaucoup d'argent, les banques ne suivaient plus, on était au bord de la faillite.

— Et, fit Hugues en attendant la suite, tout en redoutant le pire.

— Carlos pouvait nous aider, il a proposé à papa un prêt monstrueux et sans intérêt aucun.

— La contrepartie était que tu épouses sa fille. Mon Dieu c'est odieux ! Infect.

Carole prit Laurent dans ses bras en pleurant. Il lui caressa distraitement le dos, perdu dans ses souvenirs.

— Papa m'a assuré que Fabienne serait un bon parti pour moi, nous étions du même milieu, parlions le même langage. Il m'a dit qu'avec elle je soignerai l'image de l'entreprise, qu'elle sera l'interface sociale idéale.

— Tu as marché, je ne le crois pas ! Il y a autre chose.

— Son argument était que je ne pouvais pas laisser péricliter ce qu'il avait construit et lutté afin de le garder pour nous le transmettre. En tant qu'aîné, je devais prendre mes responsabilités et nous sauver du marasme.

— Le vieux salaud, éructa Hugues. Il a osé, je ne peux pas le croire. Oh Laurent ! Je suis tellement désolé, si tu savais.

— Je sais, je sais. Voyez-vous, je n'avais pas le choix. Il m'avait supplié en disant qu'il mourrait de chagrin si je ne sauvais pas son héritage, et comme son cœur donnait des alertes à répétition, je n'ai pas voulu le contrer, surtout après sa dernière crise.

— C'est pour cela que vous êtes restés enfermés des jours entiers à travailler tous les deux.

— Il me passait le flambeau. Carlos avait fait les virements sur nos différents comptes et il fallait parer au plus pressé. Heureusement qu'on était surchargé de travail, ça m'a permis de tenir et de ne pas penser à l'avenir que je me préparais. Le pire dans toute cette merde si vous voulez savoir, c'est que je me suis persuadé que si l'on faisait des efforts Fabienne et moi on finirait par construire un ménage basé sur un grand respect et de l'estime à défaut d'amour.

— Maman était au courant ? demanda Carole.

— Je ne crois pas, lui répondit son frère. Elle était tellement inquiète pour papa, qu'elle a dû vivre cette période dans un brouillard. En plus il m'avait fait jurer de ne rien lui dire, j'ai respecté ma parole.

— Il faut que tu le dises à Lilly.

— Elle va me mépriser si je lui avoue une pareille forfaiture. Je ne pourrai pas le supporter. C'est trop tard. Elle a sa vie maintenant, je vais respecter ça.

— Laurent, tu m'énerves avec ton esprit chevaleresque à la noix. Tu en as bavé avec cette mégère, il serait temps de mettre un peu de douceur dans ta vie.

— C'est bien pour ça que je veux recommencer à travailler en labo.

— Tu sais bien que je ne te parle pas de ça. Je parle de ton cœur, de ta vie que tu dois nourrir.

— J'ai Paul.

— Et cela te suffit ?

— Je n'ai pas le choix, ça doit me suffire pour le moment.

— Oh ! Tu m'énerves.

Carole sortit en claquant violemment la porte du bureau, les deux hommes se regardèrent interdits. Calmement Laurent reprit sa place derrière son bureau, il leva les yeux vers son frère en souriant.

— Je suis content d'avoir vidé mon sac, je vais pouvoir commencer à travailler.

— Si tu le dis, répondit Hugues sceptique. Et il quitta la pièce.

Chapitre III

Lilly fourra son nez dans la soie neuve avec délectation, faisant crisser le tissu entre ses doigts. Elle puisait une joie toujours renouvelée à manipuler de belles matières. Quand elle était petite, elle rêvait de se rouler dans des pièces de soie et de dentelle. Maintenant elle était devenue trop sérieuse pour se permettre de telles facéties. Elle était chef d'entreprise et maman n'est ce pas ? Elle se coucha sur la pièce de soie en riant d'elle-même.

Elle punaisa sur son panneau de liège les photos des différents modèles de la collection en juxtaposant juste en dessous les mannequins choisis. Ce défilé promettait d'être l'un des plus aboutis qu'elle ait jamais présenté. Elle sentait la maturité de son travail. La sûreté du chemin pris la gonfla d'orgueil.

Elle avait travaillé comme une forcenée, n'écoutant ni la voix du doute ni celle de la peur. Il fallait qu'elle bâtisse quelque chose pour ne pas sombrer. Malgré ce but à atteindre, elle n'était pas certaine de pouvoir faire face après la trahison de Laurent. Elle s'était sentie tellement nulle, rabaissée, dévalorisée.

— Ça suffit ! cria-t-elle dans le studio.

D'un geste rageur, elle mit la radio pour se changer les idées. Manque de bol, elle tomba sur une émission d'actualités où l'on parlait des grands succès remportés par Laurent, en Amérique, en Orient, et de sa façon visionnaire de mener ses affaires.

Elle resta stupéfaite en apprenant qu'il passait les rênes à son frère cadet pour se remettre à créer des parfums, et s'occuper de son enfant. Elle éteignit la radio au début de l'interview de

Laurent, elle ne pourrait pas supporter d'entendre sa voix.

Cette voix qui avait le pouvoir de lui donner la chair de poule. Cette voix qui savait si bien la caresser, lui assurant qu'elle ne serait jamais autant aimée, jamais autant chérie. Cette même voix qui lui avait calmement déchiré le cœur en lui annonçant platement.

— Je vais me marier.

Elle avait secoué la tête d'incompréhension devant cette incroyable affirmation. Comment était ce possible ? Quand il lui avait donné rendez-vous, elle croyait qu'il allait lui annoncer avoir touché au but avec le nouveau parfum qu'il était en train de concevoir. Il lui en avait parlé comme si sa vie en dépendait. Il avait fait tous les mélanges possibles d'essences, des plus inédits, aux plus improbables, pour finir par trouver le jus unique comme il disait. Il lui avait promis que ce serait le plus beau des parfums qu'il n'avait jamais crée, car il était inspiré par son amour pour elle.

Elle l'avait cru, elle lui avait toujours fait confiance. C'était un jeune homme tellement droit, il n'en avait rien à faire qu'elle ne soit pas de son monde. Elle était sa Lilly, elle était à lui et à personne d'autre. Il lui vouait un amour exclusif, cherchant toujours à lui faire plaisir, la taquinant de ne pas être exigeante, de ne jamais vouloir plus de lui. Mais tout ce qu'elle voulait c'était lui. Son statut social la laissait tellement de marbre que personne n'eut de doute sur l'authenticité de son amour. Aucune rumeur, aucune méchanceté n'étaient venues entacher leur histoire, c'en était presque miraculeux. On ne les distinguait plus l'un de l'autre, on les appelait tout simplement les amoureux.

— Bonjour les amoureux ? Comment allez-vous les amoureux ? Que voulez vous boire les amoureux ?

La mère de Laurent spéculait sur la date du mariage, s'imaginant déjà bercer ses petits enfants. La seule ombre au tableau c'était Pierre le patriarche, qui parlait toujours de Lilly en disant cette fille.

— Je ne veux pas de cette fille pour mon fils, elle ne fera pas partie de ma famille.

Laurent s'était toujours imaginé que son père s'adoucirait avec le temps. C'était sans compter sur le tempérament retors du bonhomme. Pierre se mit à inviter son ami Carlos et sa fille Fabienne dans leur maison de vacances et aux fêtes de l'entreprise. Dès que l'occasion se présentait, il rencontrait son vieil ami et sa fille.

Il voyait bien cette élégante jeune fille de bonne famille comme éventuelle belle-fille, contrairement à cette sauvageonne désargentée dont son fils s'était épris. Sa seule inquiétude était cette mauvaise habitude qu'avait la dite Fabienne de piquer des crises quand on ne satisfaisait pas ses caprices. Mais qu'à ce la ne tienne, le mariage lui mettra du plomb dans la tête et les responsabilités la feront mûrir. Il se rassurait aussi en se disant qu'une fois mariée, elle serait plus facile à contrôler.

******

Le jour déclinait doucement. Lilly jeta un coup d'œil à sa fille endormie dans l'atelier. La petite refusait d'aller se coucher, elle voulait travailler avec sa maman. Elle insistait pour apporter son aide à la préparation du défilé de mode. Alors Lilly lui donnait des figurines à colorier. Elle prit son bébé dans ses bras, lui soufflant sur les cheveux pour les dégager de son petit front. La fillette remua mais ne se réveilla pas. Lilly ouvrit la porte qui donnait accès à ses appartements privés, grimpa les marches en faisant attention de bien tenir sa petite fille contre elle.

Elle la déshabilla en chantonnant une berceuse, lui mit son pyjama Cendrillon et la couvrit d'une couverture légère. Elle sortit en allumant la veilleuse et laissa la porte légèrement entrouverte.

Puis, redescendit dans son bureau pour appeler ses tantes.

C'était leur rituel. S'appeler tous les jours, même si c'était pour parler de la pluie et du beau temps. Elle brancha la bouilloire pour se faire un thé. Elle entendit les sonneries à l'autre bout de fil et la voix douce d'Évelyne chuchota un allô étouffé.

— Je te dérange Tati.

— Mais non ma chérie, répondit Évelyne avec un rire dans la voix. Mia s'est endormie sur la table où nous jouions aux cartes, je fais le moins de bruit possible. Attends ! Je vais prendre le poste du salon.

Lilly en profita pour préparer son thé le téléphone coincé contre son épaule. Elle se pelotonna sur une chaise écoutant les bruits apaisants de la nuit.

— Je suis là, comment vas-tu ? murmura Évelyne.

— Bien, quoique un peu fatiguée. J'ai beaucoup travaillé aujourd'hui. Je viens juste de coucher Sissi. Tout avance comme je l'avais prévu. J'ai commencé les esquisses pour la nouvelle saison.

— Comment vas-tu ? lui répéta sa tante.

Lilly rit.

— Bien je te dis. Tu es déjà au courant n'est ce pas. Comment fais-tu ?

— Une copine m'a dit vous avoir vus devant l'école. Laurent était pâle comme un mort.

— C'est vrai, ça lui a fait un choc de me voir.

— Et toi ?

— Je m'attendais quand même à tomber sur lui un de ces jours. Contrairement à lui, je crois.

— Bon, il se passe quoi maintenant ?

— Qu'est ce que tu veux qu'il se passe, on s'est vus et c'est tout. Il venait pour l'inscription de son fils. Il a dit qu'il allait bien, moi je l'ai trouvé un peu trop mince. Il avait un visage trop soucieux.

— D'après ce que l'on m'a raconté, son divorce ne fut pas de tout repos. Il a assumé presque seul l'éducation de son fils. Maintenant ça va aller mieux pour eux, Maria et Geneviève vont bien prendre soin du petit Paul. Tu l'as vu ? reprit Évelyne après un silence, Paul je veux dire.

— Non, Laurent était seul.

— Il est toujours aussi beau ?

— Tati, je ne vais pas te suivre sur ce terrain. Sur ce, il faut que je te quitte, demain je me lève encore plus tôt que d'habitude. Je t'embrasse.

— Moi aussi ma chérie, bonsoir.

Elles raccrochèrent ensemble. Lilly remonta la vieille couverture en laine sur son épaule, en repensant à ce qu'elle venait de dire à sa tante.

Laurent avait mauvaise mine, comme s'il était rongé par une peine secrète. Elle avait eu envie de le toucher, lui effleurer la joue comme elle le faisait au temps de leur amour. Elle aurait tant voulu le prendre dans ses bras pour le consoler, le bercer.

Oh ! Oh ! se reprend-elle, tu t'égares ma fille, va dormir.

Pourtant, elle resta assise dans la cuisine entourée par la pénombre.

******

Laurent à sa fenêtre regardait la lune, perdu dans ses pensées, le corps légèrement fiévreux.

Je dois couver quelque chose se dit-il, tout en s'amusant de son hypocrisie. Il savait que ça le rendait malade d'avoir revu Lilly sans pouvoir glisser la main dans ses cheveux, de tirer dessus pour la faire rire. Son rire lui manquait cruellement. Une faim dévorante lui grignota les tripes.

Il voulait cette femme plus que jamais. Il savait qu'il l'aimait encore, peut-être même plus qu'avant. Mais il ne s'était pas rendu compte à quel point le manque l'avait anesthésié, avait rendu son âme famélique. Sans elle, il ne sera jamais entier. Il colla son front contre la vitre et se projeta huit ans en arrière.

Elle était devant lui tentant désespérément de garder contenance.

— Je veux que tu me regardes dans les yeux. Dis-moi que tu ne m'aimes plus et je partirai pour ne plus jamais reparaître devant toi.

Il l'avait regardée, s'était noyé dans ses grands yeux voilés de larmes.

— Je suis désolé Lilly, les choses ont changé, je ne t'aime plus. J'ai choisi d'épouser Fabienne.

Le sang s'était retiré brutalement de son visage. Il avait fait un geste pour la retenir de tomber. Elle l'avait fixé avec colère, ravalant ses larmes. La main sur le cœur, elle lui avait déclaré presque calmement.

— Je te souhaiterais bien d'être heureux, mais si tout ce que tu m'as dit avant notre rupture est vrai, tu ne pourras jamais l'être avec quelqu'un d'autre et moi non plus.

Ses mots avaient sonné comme une sentence, une condamnation à vie.

Le lendemain Laurent se réveilla, avec un affreux goût de bile dans la bouche. Il se lava en quatrième vitesse, et fila tout droit dans la cuisine, passant devant la chambre de son fils sans s'arrêter. Il donna un baiser distrait à Maria en saisissant la tasse de café qu'elle lui tendait.

Elle lui effleura la joue, il baissa les yeux vers elle.

— Tu n'as pas bien dormi, affirmait-elle.

Il sourit devant son air déçu.

— Cela va s'arranger, je t'assure. Sois patiente avec moi.

— Je me tracasse c'est tout !

Il se contenta de se pencher plus sur elle pour l'embrasser sur la joue.

— Je vais partir plus tôt ce matin, je dois acheter des fournitures scolaires en français, je prendrai un petit-déjeuner sur le chemin. Merci Maria !

Arrivé dans l'entrée, son œil dériva vers le plateau du courrier où une grande enveloppe bleue attira son attention. Il eut un haut-le-cœur en reconnaissant l'écriture de Lilly. Il lui fallut commander à son cerveau de fonctionner pour arriver à comprendre que ce courrier ne lui était pas destiné.

L'enveloppe entre les doigts, il grimpa les escaliers pour aller dans la chambre de sa mère. Il toqua contre la porte.

— Oui, qu'est-ce c'est ?

— C'est moi maman.

— Entre donc chéri !

Laurent pénétra dans la chambre de ses parents pour constater à son grand plaisir que Geneviève s'était complètement approprié l'espace.

Il lui montra l'enveloppe.

— Ah ça ! C'est pour le défilé de Lilly.

— Tu es invitée ! s'étonna Laurent.

— Contrairement à ton père, lui répliqua sa mère avec un sourire en coin, j'ai toujours apprécié cette jeune femme, et nous sommes plus ou moins restées en contact. Elle m'invite à chaque fois à ses présentations de mode. Ce sont des manifestations où il faut montrer patte blanche. Elle a besoin que le public admire ses créations et je ne suis pas son ennemie je te rappelle !

— Je suis surpris c'est tout !

— Lilly est une très grande professionnelle. Les plus belles toilettes de ma garde-robe viennent de chez elle. Je suis une cliente fidèle.

— Elle s'est établie depuis quand ?

— Six ans, en tout. Mais la maison de couture n'existe que depuis cinq ans. Quand elle a commencé, les méchantes langues se sont mises à gloser. Elle n'avait pas de local et travaillait chez ses tantes, elle créait des robes tout à fait ravissantes.

— Où a-t-elle trouvé les fonds pour se lancer ? Ça coûte une véritable fortune de se mettre à son compte dans ce milieu.

— Le prince Conti l'a aidée.

— Conti ! Et pourquoi ?

— Ne sois pas soupçonneux mon fils ! Ce serait insultant pour une femme aussi probe que Lilly, dit Geneviève dans un mouvement de colère. La famille Conti était à un concert classique, et c'est l'une des rares sorties que Lilly se permet. et au cocktail la fille du prince qui admirait la robe de Lilly lui a demandé où elle pourrait en acheter une semblable. Elle lui fit savoir que c'était son œuvre. Marisa a travaillé son père au corps pendant une semaine pour qu'il commande une nouvelle garde-robe pour elle, et bien sûr Conti a cédé à sa fille. Il a acquis la totalité des tenues présentées et a proposé un partenariat que Lilly aurait été stupide de refuser. Elle a apporté le talent et lui l'argent, elle est seul maître à bord. Aux dernières nouvelles depuis un an et demi elle ne lui doit plus rien. Ce ne fut pas de tout repos, mais elle a réussi à s'imposer.

— Ça te va comme ça ! conclut Geneviève sur un ton de défi.

— Te fâche pas mamina, je suis curieux, c'est tout. Bon, je m'en vais j'ai une journée chargée moi.

Laurent quitta la chambre d'un pas décidé, avant de sortir, il s'arrêta un moment pour réfléchir.

— Je t'accompagnerai, lança-t-il par-dessus son épaule. Il ferma la porte, coupant court à toute protestation de sa mère.

Au centre-ville, il trouva assez vite les articles figurant sur sa liste de courses. Il allait entrer dans un magasin d'équipements de sport, quand il aperçut Lilly en pleine discussion avec son ancien professeur de musique. Elle gloussa d'un rire espiègle à une plaisanterie du vieux monsieur, tout en retenant ses cheveux avec des lunettes de soleil. Elle lui fit l'effet d'une source fraîche en plein désert. Il suivit les moindres mouvements de son corps et sa bouche s'assécha quand elle mit les mains dans les poches arrière de son jean, faisant saillir sa poitrine dans une pose d'une irrésistible sensualité.

Il déglutit péniblement en se détournant pour rentrer dans le magasin et n'en ressortit que quand il fut certain qu'elle était partie.

Les jours avant le bal s'écoulaient dans une atmosphère de plus en plus excitante. Chacun y allait de sa préparation. La résidence du maire prenait des allures de navire sur le départ, les camions de livraison se succédaient à un rythme effréné.

******

Et le jour J arriva enfin. La ville fut parée de ses plus belles couleurs, la musique et les lumières ajoutaient une touche de féerie aux festivités.

L'ouverture du grand portail donna lieu à une parade de voitures splendides. Les femmes en toilette rivalisaient d'élégance et les hommes en habit de soirée ne savaient plus où poser les yeux.

La salle bruissait de rires. Les éclats des parures se mélangeaient aux éclats des verres en fin cristal.

Laurent en smoking noir était entouré d'une foule d'amis et de curieux et les questions fusaient de partout. Lui se contentait de sourire et de serrer des mains, bénissant l'orchestre qui empêchait toute conversation sérieuse.

Le silence vibra comme une corde de piano quand Lilly et ses tantes apparurent dans la salle de bal, la foule frétillait d'impatience de voir les anciens amants se rencontrer.

Lilly était tout simplement divine dans sa robe blanche en mousseline de soie rebrodée de perles scintillantes. Ses cheveux ondulés à la garçonne étaient rehaussés d'un bijou de tête en perles transparentes agrémenté de plumes blanches elles aussi. Elle était l'incarnation vivante d'une beauté des années trente. Tenant la main de Sissi, elle s'avança de sa démarche aérienne, souriant à des connaissances, embrassant des femmes qui l'assassinaient du regard.

Elle vint faire la bise à Geneviève, et tendit gracieusement sa main à baiser à un Laurent abasourdi devant sa beauté. Il lui prit la main embrassant l'intérieur de son poignet en la faisant rougir.

— Je suis heureuse de te voir lui, dit Geneviève dans un grand sourire.

— Moi aussi, répondit-elle avec gaieté. Puis, se tournant vers Laurent elle le fixa tranquillement.

— Tu te souviens de ma fille ?

Laurent se mit à la hauteur de la fillette pour lui faire la bise.

— Tu es la plus jolie, lui dit-il, je vais danser avec toi toute la soirée.

Sissi lui répondit de son sourire le plus séducteur en s'accrochant à sa mère.

L'orchestre entonna, The way you look tonight, Laurent prit Lilly par le coude, elle le dévisagea surprise.

— Je ne danse jamais au bal.

— Pour me faire plaisir, s'il te plaît !

Elle plissa les yeux et le précéda sur la piste consciente que tous les regards étaient braqués sur eux.

Il l'attira étroitement contre lui. Quand la main de Laurent frôla son dos, le cœur de Lilly fit une pirouette digne des jeux olympiques, elle serra la mâchoire pour se dominer.

— Pourquoi fais-tu cela ?

— Je mourrais d'envie de danser avec toi, c'est tout.

La voix de Laurent était rauque, comme un feulement. Il ferma les yeux un instant, occultant, la foule, l'orchestre, pour ne sentir que cette femme qui frémissait légèrement dans ses bras. Il huma discrètement son parfum enchanteur, un mélange d'ambre et d'épices qui enflamma le sang dans ses veines. Il donnerait tout pour se délecter de sa peau comme au temps où ils étaient amants. Il se souvenait de la saveur de sa peau, de sa douceur, de sa chaleur comme s'il ne l'avait jamais quittée, comme s'il la retrouvait après un bref interlude. Lilly, si proche et si lointaine. Perdue pour lui, bien que présente dans ses bras.

Elle trembla un peu contre lui, il le sentit et la tint encore plus étroitement serrée. Baissant les yeux vers elle, il lui murmura dans les cheveux.

— Tu me manques tellement que j'ai envie de hurler.

— Bien sûr, siffla-t-elle, il t'a fallu huit ans pour t'en apercevoir. On ne peut pas refaire ce qui a été défait, tu le sais aussi bien que moi.

La main de Laurent se crispa légèrement contre sa robe.

— Et si ça n'a jamais été défait.

— Tu ne mérites pas que je réponde.

— Je dois te voir ? Il faut qu'on parle.

— Je ne crois pas non. On s'est tout dit un matin il y a huit ans, dans le jardin de ta maison.

— Tu avais raison. Je ne serai jamais heureux avec quelqu'un qui n'est pas toi.

Elle ferma les yeux priant pour que la musique s'arrête, qu'elle puisse prendre ses distances. Elle sentit le danger comme si elle pouvait le toucher du doigt. À la fin de la danse, il la ramena vers leur petit groupe la tenant toujours par le coude. Il s'inclina vers elle, sa bouche frôlant son oreille.

— J'aimerais une autre danse.

— Je ne resterai pas assez longtemps pour ça.

Il fit un pas de côté creusant la distance entre eux.

— J'oubliais, sourit-il, le principe du temps de présence obligatoire.

Elle s'éloigna en l'ignorant superbement.

De toute l'heure, elle ne lui offrit jamais l'occasion d'être seul avec elle. Passant de groupe en groupe, elle entamait des conversations pour s'étourdir et laisser filer le temps. Son regard heurta celui de Laurent, où qu'elle se trouvait dans la salle. Elle le sentit aussi sûrement que s'il l'avait frôlé son corps de ses mains.

Au moment de partir, elle le chercha du regard, mais il avait disparu. Elle présenta ses hommages au maire. Elle tendait la main à Sissi, quand Laurent souleva la petite fille dans ses bras.

— Je vais t'aider, lui proposa-t-il.

Elle ne put que serrer les dents et le suivit dans les escaliers, le trajet se fit dans un silence de plomb. Quand le voiturier avança le véhicule, Laurent déposa délicatement Sissi dans le siège enfant, la sangla et l'installa confortablement.

— Je te remercie, lui dit sèchement Lilly. Je n'ai besoin de personne pour me débrouiller avec ma fille, j'aimerais que ça soit clair.

— Je ne suis pas ton ennemi Lilly.

— Tu n'es pas mon ami non plus. J'aimerais qu'on en reste là, s'il te plaît.

Il fit un geste vers elle, elle recula précipitamment. Laurent leva les deux mains en un geste d'apaisement.

— Je ne te veux aucun mal.

— Laisse-moi tranquille, gronda-t-elle, oublie-moi !

Laurent s'approcha malgré le recul de Lilly.

— Je ne peux pas, avoua-t-il d'une voix mourante. Je ne peux pas.

Il enfonça les mains dans ses poches et fit demi-tour pour rejoindre la fête.

Lilly resta de longues minutes à se retenir à la voiture, prise de vertige.

Laurent était revenu, il l'avait touchée, elle était perdue.

******

Lilly se jeta dans une frénésie de travail qui frisait la démence. Vérifiant, et revérifiant l'agencement de la salle, la livraison des fleurs, petits fours et champagne. Ne laissant aucune latitude à Fanny qui faisait office d'assistante. Il fallait absolument qu'elle s'occupe de quelque chose pour ne pas crier de frustration. Son esprit chamboulé par sa rencontre avec Laurent, ne lui laissait aucun répit. Quoi qu'elle fasse, elle sentait encore son étreinte autour d'elle, la sensation inédite et troublante de son corps contre le sien. La caresse de son souffle dans son cou. Elle aurait voulu le maudire pour l'avoir mise dans un tel état, mais sa voix troublée, son regard blessé et perdu l'avait bouleversée plus que de raison. Elle sentait dangereusement vaciller ses certitudes.

— Lilly ! Arête un instant, on dirait un derviche tourneur. Tu vas finir par te rendre malade.

Fanny la fit s'asseoir de force, lui arracha presque les documents des mains.

— Reste tranquille un moment, je vais te faire un café. Elle hésita un peu avant d'ajouter, tout compte fait tu as plus besoin d'une tisane.

Lilly lui fit une vilaine grimace et se massa le cuir chevelu. Elle se sentait fourbue, il n'était que onze heures. Elle ne pensait pas avoir assez de force pour terminer la journée. L'envie de monter dans sa chambre et se cacher sous les draps était très tentante, elle résista malgré tout. Elle avait une entreprise à faire tourner et une présentation imminente qui ne souffrirait d'aucun relâchement. Elle allait s'accrocher à son travail comme elle l'avait décidé en apprenant le retour de Laurent dans la ville.

— As-tu contacté le Dj pour remplacer les morceaux que j'avais refusé.

— C'est fait depuis trois jours et tu as validé les nouveaux choix.

Fanny revient dans la pièce entourée d'une bonne odeur de verveine fraîche. Lilly lui prit le mazagran des mains en la remerciant.

— Je sais que je te rends folle, j'ai besoin que tout soit parfait. Tu comprends !

— As tu déjà fait quelque chose qui ne soit pas parfait ? fit valoir Fanny en s'asseyant derrière un magnifique bureau sculpté que les tantes lui avaient déniché. Tu devrais t'accorder une sieste après déjeuner, ajouta-t-elle en vrillant ses yeux sur le visage de son amie d'enfance. Tu ressembles à un fantôme, je ne veux pas que tu aies cette tête-là pour ta grande soirée.

— Tu sembles oublier la magie d'un bon fond de teint, répliqua Lilly avec sérieux.

— Si tu ne m'écoutes pas, je vais me faire écharper par tes tantes, elles m'ont expressément demandé de veiller à ce que tu te reposes. Tu ne m'as pas parlé du bal, ajouta-t-elle après une pause.

— Il n'y a rien à dire, c'était comme tous les ans.

— Sauf que ce soir-là il y avait Laurent.

Lilly ne releva pas la tête, se concentrant sur sa tisane.

— Je sais que vous avez dansé ensemble, et qu'il ne t'a pas quittée des yeux une seconde. Il n'a pas fait danser sa mère, il t'a observée tout le temps.

— Mon Dieu ! Tu veux dire que tout le monde l'a vu ?

— Ben oui. Lui, il avait l'air de se foutre de ce que les autres pouvaient penser.

— Il n'a donc pas tellement changé.

— Qu'est ce que vous vous êtes dit ?

— Trois fois rien. Il refuse de me laisser tranquille.

— Pourquoi le ferait-il ?

— Tu te moques de moi, réagit Lilly avec une violence contenue. On parle de Laurent. Elle leva rageusement la tête, repoussant ses cheveux. On parle de l'homme qui a failli me faire mourir de chagrin. Comme Fanny restait silencieuse, Lilly finit sa tisane, prit sa veste sur le dossier de sa chaise. Je vais prendre l'air, je ramènerai des gâteaux pour la pause de seize heures, qu'aimerais-tu manger ?

— Un moelleux au chocolat.

— Va pour un moelleux, à tout à l'heure.

Elle sortit de la pièce en s'assurant d'avoir assez d'argent sur elle. Elle traversa la paisible rue qui dans quelques jours, allait grouiller de journalistes, photographes, et tout le gratin de la profession.

Elle poussa un soupir, mélange de lassitude et d'excitante anticipation. Elle allait rentrer dans la pâtisserie quand elle sentit une main se poser sur son bras.

— Bonjour Lilly.

Elle se retourna d'un bloc, livide, et fixa Laurent d'un regard de bête traquée. Il enleva sa main promptement et lui adressa un sourire hésitant.

— As-tu le temps pour un café ?

— Euh…. C'est-à-dire… balbutia-t-elle, j'ai beaucoup de travail.

— Tu as une assistance pour garder la place, d'après ce qu'on m'a dit.

Il avança de nouveau la main vers elle pour attirer son regard.

— Juste un café, dit-il en la faisant pivoter en direction de la brasserie.

Elle se laissa faire, avec une conscience aiguë de la chaleur de ses doigts sur son bras. Elle pénétra dans le café presque en pilotage automatique. Son cerveau s'était vidé de toute pensée intelligente dès qu'elle avait croisé le regard de Laurent.

— Café avec une pointe de chocolat.

Plus qu'une question c'était une affirmation. Il n'attendit pas sa réponse pour passer la commande. Voulait-il lui faire comprendre qu'il n'avait pas oublié ses préférences malgré le nombre d'années passées loin d'elle ? Elle refusa de réagir.

Assis en face d'elle, il fit en sorte que leurs genoux ne se touchent pas, comme ils en avaient l'habitude. Il dut se faire violence pour ne pas aller vers elle, lui caresser les cheveux, entourer ses jambes de la chaleur des siennes, lui dire que tout sera comme avant. Il n'en avait tout simplement pas le droit.

— Tu sembles fatiguée de si bon matin, fit-il remarquer avec une tendre sollicitude.

Lilly se plaqua contre le dossier de sa chaise.

— Il y a fort à faire pour présenter une collection.

Elle parla d'une voix contenue en fuyant son regard.

— En fait je te guettais, je ne voulais pas te déranger, mais il fallait que tu saches.

— Quoi donc ? fit-elle sur la défensive.

— J'assisterai à la présentation de la collection, j'accompagnerai ma mère.

— Pourquoi ?

— J'aimerais voir ton travail. Je me rappelle que tu collectionnais les magazines de mode, chez toi ce n'était pas une activité frivole. Tu étais littéralement habitée par un besoin de création, je crois que ça n'a pas changé. J'ai tort de le croire ? ajouta-t-il devant le silence de la jeune femme.

Elle saisit son café y ajouta une dosette de sucre brun.

— Non, c'est ce qui m'a sauvée, s'entendit-elle répondre malgré elle.

Laurent ferma les yeux un instant. Quand il la regarda de nouveau, elle fut accablée par la peine qu'elle lut dans ses yeux.

— Je suis désolée.

Il couvrit sa main de la sienne.

— Moi aussi. Si tu ne veux pas que je vienne avec maman, dis le moi, je ne t'en voudrai pas.

— Je ne suis pas mesquine Laurent.

Un sourire furtif adoucit son visage un bref moment quand il ajouta.

— Merci.

Elle se leva, récupéra sa main prisonnière de la sienne.

— Il faut que j'y aille, la journée va être très longue.

— Je comprends, merci de m'avoir accordé un peu de ton temps.

Elle resta plantée là, captive de son regard. Elle fixa ce visage qu'elle avait l'habitude de serrer contre elle pour le calmer, le rassurer quand il traversait ces grandes périodes de doutes pendant l'élaboration d'un parfum. Elle avança la main vers lui, hésita un moment et s'en fut.

Il la suivit des yeux jusqu'à ce qu'elle rentre dans la pâtisserie. Il ramassa sa monnaie et regagna son bureau.

Pour la première fois depuis son retour, il sentit son corps se réchauffer. Seule cette femme avait le don de le ramener à la vie. Il prit la ferme décision de se battre pour la reconquérir. Quoi qu'il lui en coûte. Bon, il avait la certitude qu'elle allait résister de toutes ses forces, après tout, c'est lui qui avait brisé leurs rêves. Qui avait sacrifié leur amour par devoir. Un bref instant, il se demanda s'il n'allait pas revenir sur ses pas et lui avouer la vérité dans toute sa crudité. La sagesse l'emporta. Laurent se remit au travail. Il avait tellement de temps à rattraper, fort à faire pour que l'homme d'affaires s'efface et cède la place au créateur de la maison. Il avait décidé de faire revivre les parfums Belliviers leur redonner leur lettre de noblesse.

Chapitre IV

Le soir de la présentation, Lilly dans la quiétude de sa chambre, se préparait pour affronter le public. Au fil du temps elle s'était habituée à cette épreuve, mais ce soir en particulier son corps parcouru de frissons la faisait se sentir affreusement nerveuse. Ce sentiment la ramenait à ses appréhensions de début de carrière.

Elle coiffa ses cheveux en un chignon très bas sur la nuque, y incrusta le peigne qui retenait la magnifique parure de tête en organza et tulle de soie noirs. Le tout couronné de perles noires brillantes.

Elle ne porterait aucun bijou ce soir pour mettre en avant la robe qu'elle s'était spécialement cousue pour l'occasion. Une robe en velours de soie noir parait son corps mince, la moulant légèrement. La tenue avait un col bateau mettant en valeur ses épaules, pourvue d'une légère traine à l'arrière et d'un décolleté ravageur au dos. Elle était habillée en transparence par une incrustation de fleurs en velours dévoré surlignée d'organza de soie noire, qui laissait voir son dos tout en le cachant subtilement.

Elle espérait avoir une belle commande pour cette toilette.

Elle se chaussa d'escarpins en velours noirs aux talons vertigineux. Elle n'aura rien à envier à ses plus beaux mannequins ce soir. Elle entendit les extras engagés pour l'occasion faire leur travail de placer les gens, servir champagne et petits fours. Tout se déroula dans une ambiance feutrée au luxe discret.

Elle étonnait toujours les gens par la discrétion qu'elle mettait en toute chose. Certains s'attendaient à ce qu'elle attrape la grosse tête après le succès grandissant de ses collections.

Elle avait changé de résidence pour être en harmonie avec son métier et ses clients, mais n'avait rien changé dans ses habitudes. Elle habillait presque gratuitement ses bonnes amies, gâtait ses tantes et sa fille et fréquentait les mêmes lieux d'avant sa réussite. En somme menait la même vie qu'avant mais, avec d'autres moyens.

Une ballade de Dexter Gordon annonça le début de la présentation, elle allait entrer en scène. Elle prit en mains les fiches de son introduction, sortit de la chambre, le cœur battant à tout rompre.

Elle fut un instant éblouie par l'éclairage du plateau de présentation improvisé pour l'occasion.

La jeune femme avança de son pas majestueux vers le micro placé sur une estrade du côté gauche de la scène aménagée pour le défilé.

— Bonsoir à tous, commença-t-elle en souriant à ses amis, ses tantes et sa petite Sissi assis au premier rang. Levant les yeux vers l'assistance entière, elle leur adressa un éblouissant sourire avant de continuer son speech.

— Je suis ravie de voir que tant de personnes ont répondu à mon invitation. J'espère que ce n'est pas uniquement pour le champagne qui a la réputation d'être délicieux, ajouta-t-elle dans un rire, déclenchant des gloussements dans l'assistance. Ce soir vous allez découvrir une collection d'une grande simplicité. J'ai choisi de privilégier cette fois la coupe, le choix de matières nobles et rares, et la mise en beauté de la femme. Je vais vous laisser admirer l'œuvre des talentueux artisans qui ont participé à l'élaboration de ce travail. Les actes valant mieux qu'un discours, je vous souhaite à tous une très agréable soirée.

Elle sortit de scène en ayant bien conscience du choc provoqué par l'arrière ultra-travaillé de sa robe. Elle estima avoir remporté un premier succès. Attendons la suite, se dit-elle avec fébrilité en regagnant les coulisses.

L'agitation était à son comble. Une folie furieuse parfaitement maîtrisée par les aides habituelles de la maison se manifestait en coulisses. Les habilleuses faisaient les ultimes retouches. Redressant une bretelle, rajustaient le tombé d'une jupe. Vérifiant les attaches d'une robe. Les maquilleurs donnaient les derniers coups de pinceaux, matifiant ici et là un nez ou un menton qui brillait.

Le silence se fit dans la salle. Au son des premiers violons tziganes, le signal fut donné au mannequin qui ouvrait le défilé. Elle portait un fluide manteau de soie, finement rebrodé d'arabesques en fil d'or, sur une robe coupée dans une soie diaphane épousant étroitement son corps.

Voilà les dés étaient jetés. Il ne restait plus qu'à croiser les doigts, en espérant que tout se déroulera sans accrocs.

Un tonnerre d'applaudissements secoua la salle après le passage des ensembles robes et manteaux. Le reste du défilé se poursuivit dans un silence admiratif. Les robes plus belles les unes que les autres avaient toutes pour particularité une élégance simple sans fioriture, mais très travaillées par les broderies et les coupes audacieuses.

Lilly revint sur scène pour saluer et recevoir la traditionnelle gerbe de roses rouges que lui envoyait le Prince Conti à chacune de ses collections.

Elle put enfin relâcher la tension de ses épaules, entourée des mannequins et des professionnels qui l'abreuvaient de compliments.

— La presse va te porter aux nues ma belle, lui déclara une rédactrice de mode. C'est ton plus beau triomphe.

Lilly remercia, embrassa autant qu'elle put tous ceux qu'elle croisait, jusqu'au moment où le gros du public s'en alla pour laisser les intimes entre eux.

Le traiteur dressa une table pour le buffet froid. Lilly prit une coupe de champagne et pour la première fois de la soirée, se laissa aller sur une chaise en ôtant ses chaussures.

— Je te présente mes félicitations.

La voix de Laurent retentit derrière elle, lui arracha un sourire. Elle se retourna vers lui.

— Merci. Tu ne bois rien lui ? dit t-elle en remarquant ses mains vides.

Il prit une coupe qu'il choqua contre la sienne tout en s'asseyant en face d'elle.

— C'est toujours comme ça ? Il haussa les sourcils en posant la question.

— Toujours comment ! répliqua-t-elle en riant.

— Cette folie, ce tourbillon. J'ai jeté un œil en coulisses et je me suis sauvé devant cet ouragan de femmes et de frou-frou.

— C'est mon monde, déclara-t-elle avec simplicité.

— Il te va bien.

— Merci !

— Où est Sissi ?

— Quelque part dans la maison à se faire gâter.

— Elle aurait tort de ne pas en profiter.

— Mes tantes la pourrissent trop.

— Tu parles ! C'est la prérogative des grands-parents. Je me bats contre maman tous les jours, elle encourage un peu trop les caprices de Paul.

— On m'a pourtant dit que ton fils était un petit être raisonnable.

Il lui jeta un coup d'œil, surpris qu'elle se soit intéressée à son enfant.

— Oui c'est bien vrai, concédât-il, mais vu le régime de câlins qu'il subit, ils vont me le changer en délinquant précoce.

Elle éclata de rire, ravie qu'ils puissent discuter de choses simples sans tension entre eux.

— Il faut que je mange un truc. Elle se leva, l'invitant à la suivre.

Ils regagnèrent la salle où se trouvaient les autres convives qui se sustentaient en devisant gaiement.

Lilly murmura quelque chose à l'oreille d'Évelyne qui acquiesça et elle disparut dans les étages. Elle réapparaît quelques minutes plus tard, vêtue d'un simple pantalon noir, d'un pull léger en cachemire blanc et chaussée de ballerines. Elle glissa son corps entre les tables pour finalement se coincer contre le bar où elle se composa une petite assiette de toasts de foie gras.

— C'est tout ce que tu vas manger ?

Elle s'étonna de trouver Laurent près d'elle.

— Je suis trop excitée pour avaler autre chose. Quoi ! fit-elle devant son regard sceptique, tu me trouves trop mince ?

Elle regretta immédiatement la question.

— Non, lui dit-il en se reculant pour l'admirer. Tu es parfaite.

Elle rougit jusqu'à la racine de ses cheveux, mal à l'aise devant ses yeux qui la caressaient ouvertement.

— Tu as toujours été parfaite à mes yeux. Il se rapprocha dangereusement d'elle sans lui laisser une quelconque échappatoire.

— Je ne suis pas un ennemi, murmura-t-il contre sa joue.

Tétanisée, elle scruta ce visage trop proche du sien. Son souffle lui balaya la bouche, le cou, il fit glisser son doigt sur le dos de sa main en capturant ses yeux. Elle sentit son ventre se liquéfier. Il avait encore ce pouvoir d'enfiévrer son être tout entier d'un seul petit geste.

— Je veux qu'on parle, c'est important, je ne pourrai jamais être en paix si on ne parle pas.

— Parler de quoi, parvint elle à crachoter tant sa gorge était nouée.

— De nous, toi, moi.

— Laurent, il n'y a plus de nous. Elle s'en voulut de sa voix tremblante, de son corps qui s'embrasait par sa proximité.

— Je suis sur du contraire, toi et moi c'est une évidence.

— Pourquoi es-tu parti alors ? C'est toi qui m'as quittée.

— Il faut qu'on parle, insistât-il. Tu me haïras peut-être après, mais il faut que je te donne mes raisons.

— Cela ne changera rien.

— Oui probablement, dit-il d'une voix lasse, mais je n'ai pas le choix.

L'arrivée de Geneviève avec Sissi dans les bras mit fin à cette pénible confrontation.

Elle les dévisagea avec surprise mais ne dit pas un mot, comprenant qu'il se passait quelque chose d'important.

— La princesse a sommeil !

Lilly tendit les bras, devancée par Laurent qui cala l'enfant contre son épaule en lui soutenant le dos.

— Tu me montres où est sa chambre ? demanda-t-il en serrant la fillette dans ses bras

Lilly affolée regarda autour d'elle quêtant un peu d'aide. Mais Laurent lui prit rapidement la main avant que quiconque n'intervienne.

Elle le précéda dans l'escalier et ouvrit la porte de la chambre d'enfant. Il resta debout appuyé contre le chambranle pour assister au rituel du coucher. Il observa la tendresse qui transparaissait dans chacun des gestes de Lilly pendant qu'elle chantait une berceuse. Elle embrasa sa fille pour lui souhaiter une bonne nuit.

Elle éteignit la lampe de chevet, alluma la veilleuse et sortit, laissant la porte entrebâillée.

Laurent la retint par les bras, il la poussa doucement contre le mur, enfouissant son visage dans son cou. Elle ne bougea pas, mais ferma les yeux et se grisa de son parfum. Il remonta les mains sur ses épaules prit son visage en coupe et déposa un léger baiser sur ses lèvres crispées.

— J'ai besoin de t'embrasser, dit-il en plaquant sa bouche sur la sienne, lui caressant les lèvres de sa langue, la forçant à l'accueillir dans un baiser dévastateur. Il resta les mains plaquées de chaque côté du corps de la jeune femme, il ne la toucha pas, se concentrant sur ses lèvres qu'il dévora avec avidité.

Le baiser mourut dans une ineffable douceur.

Il serra Lilly contre lui, les battements effrénés de leurs deux cœurs faisant écho.

— Je ne veux pas oublier qui tu es, ce que tu es, dit-il d'une voix sourde. Je le voudrais que je ne le pourrais pas.

Quand elle ouvrit enfin les yeux, il avait disparu, la laissant avec une sensation de vide immense dans la poitrine.

Se résolvant à rejoindre les autres elle constata qu'il était parti. Elle se reprit, fit semblant que tout allait bien. Accordant même une interview à la rédactrice de Vogue magazine.

Elle évita une explication avec ses tantes leur faisant comprendre à mots couverts qu'elle n'était pas d'humeur aux confidences.

******

Elle passa une affreuse nuit à se tourner dans tous les sens dans ses draps. Elle sortit de son lit groggy, assaillie par une gueule de bois alors qu'elle n'avait bu qu'un verre de champagne.

Elle se traîna dans la salle de bains, prit une longue douche, pour sortir de son état cotonneux. Mais rien n'y faisait, sa tête continua à lui faire mal et ses oreilles à bourdonner. Elle se sentait nauséeuse, vidée de ses forces, comme si elle sortait d'une longue maladie.

Elle descendit dans la cuisine pour préparer le petit-déjeuner de Sissi. S'accrocher au quotidien, il n'y avait rien de mieux pour mettre un pied devant l'autre. Elle se fit un café et le but débout contre l'évier de la cuisine. Il était neuf heures, on était dimanche, une longue journée l'attendait.

À la fin de chaque collection, elle affrontait un passage à vide mais là c'était nouveau, elle se sentait anéantie. Son succès sans précédent la laissait sans réaction. Une insidieuse lassitude remplaça l'excitation et la reconnaissance qu'elle éprouvait d'habitude quand elle récoltait les fruits d'un travail acharné. Cette collection était importante à tout point de vue. Elle y avait mis tout son savoir-faire, commandé des tissus précieux, exigé un travail plus que minutieux auprès de ses prestataires de services. Elle avait failli rendre fous les brodeurs de l'atelier, leur réclamant à chaque fois plus de finesse, plus de fondu et d'unité dans l'exécution de leurs œuvres. Le résultat avait été au-delà de tous ses espoirs. Cette collection marquait un tournant dans son travail de styliste, elle en avait conscience. Pourtant, au lieu de se réjouir et de sabrer le champagne à sa santé, elle se traînait comme une pauvre chose. Parce que Laurent était revenu.

Elle mit la radio et monta pour réveiller sa fille. Elle pénétra dans la pièce pour regarder dormir la petite un doudou serré contre le visage. Elle se coula sous la couverture réconfortée par la chaleur du petit corps et s'endormit comme une masse.

Elle se propulsa hors du lit deux heures plus tard, réveillée par les grondements de l'estomac de sa fille.

— Bonjour princesse, viens, on va manger.

La fillette le visage chiffonné de sommeil, nicha sa petite main dans celle de sa mère et la suivit dans la cuisine.

La journée s'étira en longueur et Lilly de plus en plus tourmentée, se sentit étouffer entre les murs de sa maison. Elle tourna en rond, comme une bête en cage, essaya vainement de s'intéresser à l'actualité de ce dimanche qui n'en finissait pas.

Jouer avec Sissi chassa pour un temps son sentiment de vide. La préparation du déjeuner ne fut pas un dérivatif assez puissant pour l'empêcher de broyer du noir. Décidément sa rencontre avec Laurent et ce baiser, ne cesseront pas de tournebouler ses sens. Lilly se sentait comme un été auquel il manquerait le soleil. Le cœur lourd, elle mangea du bout des lèvres pour accompagner sa fille à table. La faim l'avait déserté comme toute autre envie.

Elle s'était sottement trompée en croyant pouvoir maîtriser les sentiments provoqués par le retour de cet homme. Elle croyait leur histoire morte et faisant partie du passé. Son cœur lui disait que non et l'attitude de Laurent confirmait cette vérité. Le triomphe de son défilé aurait dû suffire à la remplir d'allégresse, elle avait tellement travaillé, tout donné pour atteindre ce niveau d'excellence. La reconnaissance qui en découlait aurait dû balayer tout sentiment de confusion. Ce dimanche aurait du la trouver dans un état d'exaltation comme jamais elle n'en avait connu.

Pourtant la voilà chez elle à se lamenter comme une âme en peine.

Elle répondit aux innombrables appels d'amis et de connaissances dans la profession qui la félicitaient pour la beauté et la maîtrise de son travail. Elle riait et plaisantait avec eux, mais l'image de l'homme qu'elle avait aimé comme une toile de fond s'imposait à elle et interférait dans tout ce qu'elle disait ou pensait.

Vers seize heures, ne pouvant plus tenir, elle mit Sissi dans la voiture et prit la route pour la maison de ses tantes. Ce parcours qui d'habitude l'apaisait, ne lui fut d'aucun secours. Au babillage de son bébé, elle répondit par monosyllabe.

À peine arrivée à destination, elle défit les ceintures de sécurité du siège enfant, prit la petite et la fourra d'autorité dans les bras de Mia. Elle ne leur laissa pas le temps de l'interroger, le visage fermé elle tourna les talons.

— Gardez-moi Sissi deux heures tout au plus, j'ai des choses à faire.

Elle remonta dans sa voiture et sortit en trombe de leur allée.

Plus elle s'approchait de sa destination, plus elle se sentait suffoquer de colère, de rage. De quel droit Laurent l'avait-il embrassée et dit tous ces mots qu'elle aurait payés cher pour entendre des années plus tôt ? De quel droit débarquait-il pour tout foutre en l'air ? Elle ne le laissera pas faire. Elle n'était plus la jeune fille naïve qu'on pouvait prétendre aimer et laisser tomber à la première occasion. Non mais ! Pour qui se prenait-il à la fin ?

Une peine immense comprima son cœur quand elle s'arrêta devant la maison de la famille. Elle claqua la portière avec violence, tambourina de toutes ses forces contre la porte qui s'ouvrit sur une Maria consternée par le visage blafard de Lilly.

— Bonj..

— Je veux voir Laurent tout de suite, coupa-t-elle.

— Tu veux rentrer, je vais l'appeler.

— Pas la peine Maria.

Laurent venait d'apparaître dans les escaliers reliant l'étage à la partie basse de la maison.

Lilly se précipita sur lui le frappant de ses poings en criant.

— Tu-n'as-pas-le-droit ! dit-elle en détachant ses mots.

— Calme-toi s'il te plaît.

— Je ne me calmerai pas. Je veux que tu sortes de ma vie.

— Je ne peux pas, je t'aime.

— Je ne veux pas que tu m'aimes, hurla-t-elle perdant tout contrôle.

— Je t'aime, répéta-t-il en essayant de la prendre dans ses bras.

Elle se dégagea brutalement, le poussant en arrière.

— Ne m'aime pas ! Elle lui cracha les mots à la figure. Ça fait trop mal.

Il recula devant son visage ravagé par les larmes, impuissant devant une telle souffrance.

— Lilly, je t'en prie, essayons de parler calmement. Viens, dit-il en lui tendant la main, rentrons.

— Je ne veux pas rentrer, je ne veux pas te voir. Tu ne peux pas faire ça, Laurent, tu ne peux pas.

— Faire quoi, dit-il, complètement perdu.

— Débarquer comme ça dans ma vie, tout chambouler.

— Je n'ai pas fait ça. Je n'ai pas voulu te faire de peine ma chérie.

— Tu es parti, souviens-toi, tu m'as rejetée. Tu ne peux pas revenir et croire que je vais te tomber dans les bras sur un claquement de doigts.

— Tu te trompes Lilly, je ne t'aurais jamais traité avec tant de désinvolture.

— Ben voyons ! ricana-t-elle en sortant.

Laurent lui courut après, la rattrapa et la fit pivoter pour lui faire face.

— Je me suis conduit comme le dernier des crétins et je paie le prix fort depuis huit ans. Sans toi c'est l'enfer tu comprends.

— Ce n'est pas mon problème. J'ai subi ta décision et j'ai payé moi aussi, alors on est quitte.

Elle courut se réfugier dans sa voiture, et démarra sur les chapeaux de roues, laissant Laurent au bord de la route.

******

Laurent passa une semaine à se noyer dans le travail, à se languir de Lilly tout en s'interdisant d'aller la relancer. Il allait devoir laisser les choses se décanter un peu, avant de refaire une tentative pour entrer en contact avec elle. Il reprit la totalité de ses dossiers de création, remettant son nez au travail. Il refit connaissance avec ses fleurs tant aimées, les essences divines qu'il avait toujours chéries, elles lui permettaient de créer la magie en associant leurs élixirs.

Assis devant le présentoir où les flacons d'essences alignés sur quatre étages attendaient son bon vouloir, Laurent fourragea dans ses cheveux, indécis sur la conduite à tenir. Il voulait se remettre en selle le plus tôt possible, pourtant il était retenu par une crainte intérieure qu'il se défendait d'identifier. Il y a des moments où il se révélait indispensable de se mentir pour se donner du courage. Saurait-il encore faire des miracles avec ses pipettes et ses flacons. Saurait-il sans l'amour de Lilly retrouver l'élan qui l'avait toujours porté aux firmaments des maîtres parfumeurs. Son travail avait pris de la maturité et une virtuosité certaine quand ses sentiments pour la jeune femme s'étaient épanouis, comme si le réveil de son cœur avait nourri sa créativité.

Il se dit que oui, il allait se prouver qu'il était encore digne d'elle, de lui-même et du nom qu'il portait.

Il commença donc par les mélanges de base des matières premières. Son nez frétilla devant les effluves d'ambre, de patchouli corsé et d'absolu de rose. Laurent avait hâte de retrouver l'usine, avec les alambics qui l'avaient fasciné dans son enfance. Les odeurs capiteuses de plantes aromatiques, d'eau florale, d'huiles essentielles et de chaleur de distillation lui manquaient comme un drogué privé de sa dose. Il voulait retrouver son univers d'avant la prise des rênes de l'entreprise comme directeur.

Il avait besoin de cette ambiance avec les ouvriers, ceux qui mettaient directement la main à la pâte. Il voulait sentir le velouté des pétales de fleurs lui caresser l'épiderme. Voir des brassées de roses mises à infuser pour en tirer le concentré de parfum. Toutes les étapes de cette élaboration lui manquaient. Ces mains avaient besoin de toucher et son nez de humer et s'étourdir de notes de cœur, de tête et de fond.

Les jours se succédaient, il n'avait pas de nouvelles de Lilly et se rongeait les sangs. Malgré la plongée dans les effluves et combinaison d'essences, une chose essentielle lui manquait comme un parfum qui n'aurait pas la totalité des notes qui composent son identité et le rendent unique. Alors, il décida de partir à la recherche de la femme qui habitait tout entier son cœur. Ne souhaitant pas l'effaroucher, il décida d'aller aux nouvelles auprès de ses tantes.

Il trouva les deux femmes sur leur véranda. Elles le regardèrent cheminer dans l'allée, sans faire un geste. Toujours sans dire un mot, elles lui firent signe de prendre un siège et attendirent en silence qu'il se résolve à prendre la parole.

— J'aime toujours Lilly, avoua-t-il les yeux fixés sur les deux femmes. Je lui ai brisé le cœur, dit-il pour stopper l'élan de Mia. Je ne peux pas vous expliquer les raisons pour lesquelles j'ai pris une décision aussi néfaste pour tout le monde. Depuis, j'ai vécu comme un condamné. J'ai vite compris mon erreur, mais il était déjà trop tard pour revenir en arrière.

— Laurent, notre nièce a failli se laisser mourir suite à votre rupture. Quand on l'a récupérée après votre dernier entretien, elle était dans un sale état. On a du la surveiller pendant trois mois entiers, elle dépérissait à vue d'œil. À un moment il a même fallu la nourrir de force. Elle a vécu cloîtrée dans notre petite maison à la montagne. Elle ne voulait en aucun cas vous croiser toi et ta femme, ça l'aurait achevée. Aucune raison au monde ne peut justifier ce que tu lui as fait subir. Nous ne te jugeons pas, tu es quelqu'un qu'on a toujours apprécié. Mais là, on ne t'aidera pas à revoir Lilly. Elle est trop bouleversée et a besoin de temps. Il faut que tu le comprennes, et que tu gardes tes distances, au moins pendant quelque temps.

— Je comprends.

Il se prit la tête entre les mains et resta assis à méditer dans le silence qui suivit.

— Si je peux faire quelque chose, dites le moi.

Il se leva pour partir et sans se retourner ajouta.

— Je ne renoncerai pas ! Jamais.

******

C'est dans le jardin que sa mère le trouva. Il fumait une cigarette et contemplait pensivement le ciel. Il semblait perdu comme un marin sans boussole dans une mer démontée. Jamais son fils ne lui avait paru aussi seul au monde. Ce constat déchira son cœur de maman.

— Je croyais que tu avais arrêté de fumer ?

— Je le croyais aussi.

Geneviève lui entoura les épaules de son bras.

— Maria m'a raconté la visite de Lilly, tu dois être secoué.

— Ce n'est rien de le dire. Je ne l'avais jamais vue dans un pareil état, je l'ai bouleversée plus que de raison.

— Que vas-tu faire ?

— Je réfléchis à la meilleure solution pour nous deux.

— Elle a pourtant été claire, elle ne veut plus te voir.

— Elle m'aime encore, asséna-t-il avec force.

— Oh Laurent ! Mon chéri, tu te fais des illusions.

— Tu crois ! Pourquoi ne s'est-elle jamais mariée ?

— Mais elle a un enfant, tu sembles l'oublier.

— Elle ne vit pas avec le père, c'est toi qui me l'as dit.

— Chéri, ce n'est pas une raison !

— Maman ! protesta Laurent, tu la connais, elle n'aurait pas réagi comme ça s'il ne se passait pas quelque chose.

— Je souhaite que tu saches ce que tu fais.

— Je ne le sais pas. Mais je ne vais pas rester les bras, croisés, et laisser la femme de ma vie m'échapper.

Ils gardèrent le silence tous les deux, perdus dans leurs pensées.

— Dis maman ! Qu'a-t-on fait de mes anciens travaux ? Je parle des recherches d'avant mon départ. J'aimerais revoir mes notes pour ce nouveau parfum.

— Tout est archivé dans des cartons, ton frère y a veillé. Il a rangé les documents et les fioles d'essai dans un cagibi, jouxtant ton nouveau labo. Tu trouveras ce que tu veux très facilement.

— Bien, dit-il en se levant, j'y vais !

— Où cela ? s'étonna Geneviève.

— Au labo, j'ai du travail !

— Laurent, tu as vu l'heure ?

— Oui, à plus tard.

Il disparut rapidement et l'instant d'après, elle entendit sa voiture quitter la maison.

Chapitre V

Geneviève se mit à la place que Laurent venait de libérer sur le vieux banc. Les mains sur les genoux elle réfléchissait aux bouleversements déclenchés par son retour. Elle savait que les choses n'allaient pas être simples. Il lui semble qu'elle avait sous-estimé la résistance de Lilly, face à l'obstination de son fils.

Il ne renoncera pas à elle, sa mère le savait. Dès l'annonce de son retour, elle avait été persuadée que revoir Lilly allait devenir pour son fils un impératif majeur. Elle ne s'était pas non plus trompée sur la force des sentiments qu'il éprouvait encore pour son ancienne petite amie.

Elle n'avait jamais été dupe de ce prétendu mariage. Déconcertée et aussi un peu peinée, elle avait cherché à comprendre les raisons de la brusque rupture entre les deux jeunes gens. Elle avait posé des questions à son mari, interrogé Laurent, pour finir par renoncer devant leur mutisme.

De l'annonce des fiançailles, jusqu'au jour des noces, son fils n'avait pas cessé de changer. Il devenait plus sombre de jour en jour, mais donnait parfaitement le change en public. On aurait dit qu'il s'éteignait doucement mais sûrement à l'intérieur. Perdant progressivement la joie de vivre et la spontanéité qui étaient les traits dominants de son caractère.

Aucun sourire n'avait illuminé les photos de la cérémonie. Jamais elle ne s'était sentie aussi inutile en tant que mère, si impuissante. Son enfant n'était pas heureux, et elle ne pouvait rien y faire.

— Quel gâchis, soupira telle.

******

Pourtant, pendant un temps, elle avait cru s'être trompée. Car au retour de leur voyage de noces, le jeune couple donnait l'image d'un ménage harmonieux. La jeune mariée aux anges se montrait attentive à son époux. Chose rare, elle faisait presque preuve d'humilité à certaines occasions. Elle arrivait même à arracher un sourire ou un rire à Laurent.

Mais, quelques semaines plus tard, leurs relations commençaient à s'envenimer. Entre Fabienne qui voulait parader dans les soirées pour étrenner son nouveau statut de femme mariée et Laurent qui s'échinait sur la création de son prochain parfum, les disputes n'avaient pas tardé à éclater.

Malgré l'extrême fatigue de Laurent, Fabienne s'acharnait à organiser des dîners pour recevoir les collaborateurs de son mari. Elle tenait à jouer son rôle de femme de patron et n'acceptait pas qu'on contrarie ses projets.

Combien de fois ne l'a-t-elle pas entendu lui reprocher de la délaisser au profit de son stupide laboratoire. Les tentatives de Pierre pour raisonner sa belle-fille ne déclenchaient que plus de fureur de la part de cette dernière.

Plus elle faisait des caprices, plus Laurent rentrait tard. Il s'enfermait dans son espace de travail même le dimanche et les déjeuners dominicaux si joyeux avant, se déroulaient désormais dans une désagréable tension. Les tentatives de Carole et d'Hugues pour dérider les époux, rencontraient un silence boudeur de la part de Fabienne et renfermé du côté de Laurent.

Se montrant une hôtesse accomplie dans les réceptions et autres mondanités, leurs amis étaient persuadés que tout allait pour le mieux. Et l'annonce de la grossesse de Fabienne fut accueillie avec bonheur. Laurent redevenait détendu, souriant à défaut d'être heureux.

Pour lui cette naissance représentait une chance pour son couple. Il se pliait avec bienveillance à tous les caprices de son épouse, allant jusqu'à renoncer à son travail de recherches en parfumerie. La maison recruta un nez pour assurer la continuité de la production.

Laurent rentrait plus tôt du bureau et passait la totalité de ses soirées avec sa femme.

À cette époque, on les voyait partout, bras dessus, bras dessous, les petits dîners en amoureux, les promenades pour améliorer la santé de la future maman et les pique-niques se succédaient. Son mari la couvrait d'attentions, Fabienne se radoucissait progressivement.

Elle s'accrochait à son bras, lui roucoulait des mon amour en exhibant son ventre qui commençait à s'arrondir. Elle s'amusait des nausées matinales, disant que cela faisait partie du contrat.

La naissance de Paul, fut une période étourdissante. Tout était nouveau, et ce petit être devenait le centre de toute la maisonnée. Ce qui ne semblait pas déplaire à la jeune maman. Tout le monde s'extasiait sur la beauté du bébé.

Sa mère l'appelait ma petite perfection.

Le changement survenu chez Fabienne fut perceptible pour tous. Elle se consacrait à son bébé corps et âme, laissant du répit à Laurent qui put tranquillement renouer avec ses activités en dehors des heures de bureau.

Lui aussi profitait au maximum de son bébé. Il le berçait quand il pleurait, jouait avec lui, changeait ses couches, lui donnait le biberon. Il lui racontait des histoires, même si le bébé était trop jeune encore pour les apprécier. Laurent avait remarqué que le son de sa voix berçait et calmait le petit Paul, alors il lui racontait tout et rien dès qu'il en avait l'occasion.

Il adorait son fils et entendait tout faire pour sauvegarder l'harmonie familiale. Les jours s'écoulaient heureux, et tout le monde crut la situation sauvée.

Pourtant, plus l'atmosphère s'apaisait et plus Pierre devenait nerveux. Il observait son fils et son épouse continuellement, et s'inquiétait du moindre détail. Il n'était pas en paix, cela se voyait. Geneviève crut que son cœur recommençait à le tourmenter et il n'avait pas démenti quand la question lui fut posée.

Geneviève était pourtant intriguée de découvrir qu'il cherchait à se tenir au courant de la vie de Lilly. Elle l'avait souvent entendu téléphoner à un vieil ami lui demandant en toute discrétion de se renseigner pour savoir si la jeune fille allait bien et ce qu'elle devenait.

Cela faisait plus de six mois que l'on n'avait vu la jeune fille en ville. Cette disparition inquiétait beaucoup Pierre qui prenait conscience du poids de sa responsabilité.

Geneviève sentit que quelque chose clochait mais n'osait pas interroger son époux, redoutant peut-être d'apprendre une déplaisante vérité. Elle resta attentive à ses humeurs pour prévenir une autre crise. Il s'affaiblissait, participait de moins en moins à la vie de l'entreprise, mais il se tenait au courant de tout.

La première dispute éclata quand Fabienne découvrit que Laurent tenait à apporter son aide pour la ligne de produits dérivés du nouveau parfum.

Cela signifiait des heures impossibles de travail au laboratoire et à l'usine en plus de celles qu'il passait au bureau. Elle le voyait de moins en moins, quand elle lui en faisait le reproche, il avançait l'argument de l'imminence du lancement de nouveaux produits de leur marque.

Elle décida que les choses n'allaient pas redevenir comme avant. Elle entendait mettre un terme à cette situation qu'elle n'appréciait pas et attendait de Laurent qu'il se range à ses vues. Elle fit préparer un panier-repas par Maria, embarqua le bébé dans la voiture et prit le chemin du laboratoire. Toute joyeuse, elle pénétra dans le bureau de son mari.

— Bonsoir, on vient faire une surprise à papa !

Laurent penché sur des graphiques se grattait pensivement la tête et répondit par un grognement. Absorbé par la lecture du document, il ne vit pas l'éclair de contrariété qui enflamma les yeux de sa femme.

— Eh ! répéta plus fortement Fabienne, on vient faire une surprise à papa !

Résigné, Laurent déposa ses papiers avec regret, il contourna son bureau pour prendre sa femme dans ses bras, et embrassa le bébé.

— Tu aurais dû me prévenir, dit-il distraitement. Nous sommes dans la dernière ligne droite, je vais enchaîner des réunions.

— Merde Laurent ! Tu avais promis de ralentir le rythme, s'exclama Fabienne agacée.

— Oui, bon j'ai une société à diriger, des décisions à prendre.

— Tu as aussi une famille je te rappelle.

— Je fais de mon mieux, se défendit Laurent.

— Permets-moi de te dire mon cher mari que tu n'en fais pas assez. On n'est pas sortis de toute la semaine, et le week-end dernier tu as tenu conseil avec ton père, tu n'as même pas daigné prendre le temps de voir ton fils.

— D'accord, soupira-t-il. Je vais essayer de dégager une heure ou deux ce week-end.

— Ah ça non ! explosa Fabienne. Tu ne vas pas recommencer avec ton maudit labo. Et ce samedi j'organise un déjeuner pour les enfants, je te l'avais dit. Tes amis seront tous là avec leur famille, tu ne vas pas me faire faux bond.

— J'ai du travail ma chérie, comprends-le.

— Je m'en fous, s'obstina-t-elle. Tu seras là bien présent, et je t'interdis d'en profiter pour discuter de tes chiffres. Ce n'est pas un déjeuner d'affaires, c'est une fête pour les enfants.

— D'accord, d'accord ! s'énerva Laurent. Je serai avec Paul et toi, ne t'en fais pas.

— Bon, fit elle en radoucissant le ton. Viens ! On va manger sur la terrasse de derrière.

— Tu ne comprends donc rien, dit Laurent avec impatience. Si je vous donne mon week-end, je dois absolument avancer mon travail, il ne va se faire tout seul.

— Très bien ! répliqua Fabienne avec colère, reste donc avec tes précieux papiers.

Elle sortit comme une furie, claquant la porte du bureau si fort que cela fit sursauter le bébé qui se mit à pleurer.

— Toi, tu te tais, cria la jeune femme.

Laurent se précipita hors de la pièce, attrapa sa femme par le bras.

— Ne hurle pas sur notre enfant Fabienne. Réglons nos problèmes sans les faire payer à Paul, je t'en prie.

— Pardon, dit-elle légèrement honteuse, j'ai perdu mon sang-froid.

— Je vais rentrer avec vous, on pourra manger dans le jardin à la maison, tu es d'accord ?

— Bien sûr, accepta Fabienne en retrouvant le sourire. Va prendre tes affaires, je t'attends.

Elle eut la grâce de ne pas lui faire remarquer qu'il embarquait ses dossiers. Elle se contenta de les regarder fixement pendant qu'il rangeait la mallette et ses documents sur le siège arrière de sa voiture.

— Va, je te suis, dit-il en s'efforçant à sourire.

L'accalmie fut de courte durée. Comme elle n'avait pas réussi à obtenir de Laurent qu'il rentre tôt tous les soirs et surtout qu'il l'accompagne à ses nombreuses soirées et autres représentations au théâtre, petit à petit Fabienne se remit à sortir seule. Presque chaque soir, elle laissa le bébé à sa grand-mère, ou sous la garde de Maria, claironnant à qui voulait l'entendre, qu'elle n'était pas une femme au foyer.

La situation déplaisait à Laurent. Quand il pouvait se le permettre, il rentrait à la maison à une heure raisonnable et passa ses soirées de plus en plus seul avec son fils. Il n'adressa aucun reproche à son épouse par crainte de nouvelle crise de récriminations.

Il s'arrangea pour être plus présent à la maison, se sacrifiait à quelques mondanités, essayant de colmater les fissures de son couple. Fabienne ne fut en rien sensible à ses efforts, plus il cédait, plus elle devenait exigeante.

La catastrophe tant redoutée par les proches, eut lieu un soir où elle débarqua d'une soirée passablement éméchée avec deux billets pour une croisière dans les Caraïbes.

Laurent resta devant elle ébahi, écoutant ses explications.

— Je suis fatiguée de cette ville, de voir toujours les mêmes gens, j'ai besoin de changer d'air. Alors on va faire un petit voyage.

— Fabienne, je ne peux pas partir en ce moment.

Laurent faisait des efforts pour ne pas exploser.

— On n'est pas partis depuis notre voyage de noces. J'ai pris sur moi pour annuler tous tes rendez-vous pour cette période. Alors où est le problème ?

— Tu es inconsciente ! Je ne peux pas abandonner mes affaires pour aller batifoler avec toi sur la plage.

— Tu viendras, hurla-t-elle en jetant les billets sur le lit. Je le veux !

— Je suis ton mari Fabienne, pas ton jouet.

— Tu seras mon jouet si je le veux. C'est moi que tu as épousée, j'ai des droits.

— Je ne vois pas ce que tes droits viennent faire là-dedans. Je refuse d'abandonner la barre alors qu'on lance un parfum. Si tu peux patienter, après la campagne je verrai s'il me sera possible de libérer une semaine pour partir avec toi, je ne peux rien faire avant.

— Je veux partir maintenant, s'obstina sa femme.

— Merde Fabienne ! Sois raisonnable pour une fois dans ta vie.

— Pourquoi serais-je raisonnable, tu ne t'occupes pas de moi. Je ne suis pas conne, je sais que tu ne m'aimes pas.

— Voila autre chose, fit Laurent avec dérision.

Fabienne balaya le dessus de la coiffeuse d'un geste rageur, envoyant se fracasser sur le sol ses pots de crème et ses flacons de parfum.

— Tu penses tout le temps à elle ! Assena-t-elle avec force. Tu me fais l'amour en pensant à elle. Tu me dis des mots doux, mais, c'est à elle que tu aurais aimé pouvoir les dire, ne nie pas ! cria-t-elle devant une tentative de son mari pour intervenir. Je ne suis pas une idiote.

— Fabienne s'il te plaît, cesse donc de crier.

Toutes les tentatives de Laurent se brisèrent contre la volonté farouche de sa femme qui restait sourde à toute explication. Elle demeurait inflexible, voulant tout simplement le voir plier encore une fois devant son caprice.

— Tu vois, tu vois ! dit-elle en envoyant avec colère un vase contre le mur de la chambre. Tu ne cherches même pas à te défendre.

— Je n'ai pas à me défendre contre ce genre d'inepties. Tu vas arrêter de crier, reprit-il. Si tu veux que nous ayons une conversation, on va s'asseoir comme des personnes civilisées.et …

— Espèce d'enfoiré ! Va te faire foutre.

Laurent dépité, prit sa veste et partit en claquant la porte. Il sortit de la maison, poursuivi par les hurlements de sa femme.

Il passa une nuit mouvementée sur le canapé de son bureau, et le lendemain il apprit que Fabienne était partie en croisière, en laissant Paul.

Les jours sans elle furent paisibles. Laurent se retira tous les soirs avec le bébé dans ses appartements, fuyant les interrogations de la famille, évitant les regards chargés de culpabilité de son père. Il consacra toutes les heures hors du bureau à son fils, lui racontant des histoires, le faisant rire. Il se réchauffait au sourire de son bébé, trouvait du réconfort dans les soins qu'il lui prodiguait.

Il avait les traits creusés sous le poids des soucis et pourtant se sentait plus serein. Être avec Paul, veiller à son bien-être, se révéla salvateur. La présence de son enfant fut seule capable de cicatriser les plaies de sa vie.

Au bout d'un mois sans avoir donné de nouvelles, Fabienne débarqua, bronzée, en pleine forme, plus belle que jamais. Mais plus dure aussi.

Laurent ne dit rien se contentant de la saluer.

Ils reprirent la vie commune, sans plus rien partager. Ils avaient des rapports polis et froids.

Elle jouait son rôle de maîtresse de maison à la perfection et lui, se contentait de suivre le mouvement. Enterrant ses sentiments et ses désirs dans cette mascarade d'union.

Pour le premier anniversaire de Paul la famille donna une grande fête à laquelle furent conviés tous leurs amis. Les cadeaux affluaient de partout. La maison fut remplie de rires et de cris de joie pour cette belle occasion. Geneviève se surpassa, ce fut une réussite.

À la table principale, Paul passa de mains en mains. Il prit un grand plaisir aux séances de baisers et de caresses. Rayonnant et heureux, il profita de toutes les attentions qu'on lui manifesta.

Carole berçant le bébé fit remarquer qu'il faudrait penser à lui faire un petit frère ou une petite sœur.

— De quoi je me mêle, la contra Fabienne acide. Tu n'as qu'à le faire toi-même ce bébé. Elle se leva et les regarda tous en ajoutant. Je refuse d'être la poule pondeuse qui assurera la dynastie des parfums Belliviers, je laisse volontiers ce rôle à ma chère belle-sœur.

Cette fracassante sortie fut suivie d'un silence stupéfait. Nul doute n'était permis désormais, le couple n'allait décidément pas bien. En quelques mots Fabienne confirma toutes les rumeurs circulant en ville.

Geneviève fut mortifiée du manque de retenue de sa belle-fille. Secrètement elle se fit la réflexion que Lilly n'aurait jamais affichée un tel comportement.

De ce jour, Fabienne prit la liberté de vivre sa vie comme elle l'entendait. Se pliant aux convenances de son milieu, elle accompagnait son mari dans les endroits où sa présence fut requise, mais ça s'arrêtait là.

Leurs seuls échanges se faisaient à coups de cris et de lamentations auxquels répondaient les silences imperturbables de Laurent.

La vie continua ainsi, grise, morne dans une ambiance délétère, éclairée çà et là par les attentions que les deux parents accordaient à l'enfant.

Quand l'occasion se présenta de donner un nouvel élan à la parfumerie et au nom des Belliviers en concluant des alliances à l'étranger, sans hésiter Laurent fit ses valises. À son grand étonnement Fabienne le suivit avec enthousiasme. Lui, ne se faisait aucune illusion sur ce qui restait de leur couple. Il savait que plus rien ne pourra réparer leur sensibilité blessée par l'incompréhension et l'obstination capricieuse de sa femme. Il entreprenait ce voyage, ce nouveau départ pour donner une chance à l'entreprise de se développer. Ainsi, il aura l'impression d'avoir réussi quelque chose, qui lui donnera avec la présence de son fils, des raisons de vivre et de se battre. La vie amoureuse, il avait fait une croix dessus. L'idée de tromper sa femme ne l'effleura même pas. Il était fatigué de faire des efforts, alors si c'était pour salir davantage sa vie, non merci. Il se contentera d'être un bon chef d'entreprise et le papa de Paul.

Il se refusa de penser à Lilly, même quand sa femme avait ramené le sujet sur le tapis. Il avait fait de son mieux pour bâtir une famille, il y avait cru malgré le manque de disposition de son épouse, maintenant il baissait les bras. Il allait se consacrer à ses affaires et gérer au mieux la présence de Fabienne à ses côtés. Plus question de rejouer la comédie du couple.

Chapitre VI

Cinq heures du matin, Lilly dessinait fiévreusement, épuisant mine sur mine. Si l'inspiration continuait à être présente, elle avancerait vite au point de pourvoir prendre quelques jours de repos avec sa fille.

La radio diffusait une mélodie, le volume très bas ne l'empêcha pas pour autant de distinguer les notes douces du nocturne n° 13 de Chopin.

Elle aimait les petites heures quand tout était tranquille. Seule en compagnie de ses pensées qu'elle laissa aller à la dérive sans les contrôler ni les discipliner. C'était dans ses moments de communion avec elle-même qu'elle arrivait à donner le meilleur. Les figurines de mode qu'elle habillait prenaient vie dans son imagination. Elle drapait chacune dans un style unique, en lui inventant un caractère. Voilà pourquoi ses créations avaient autant de succès. Elle dessinait en fonction de la silhouette qu'elle avait sous les yeux. Ses toilettes étaient en prise directe avec la réalité du corps féminin.

Le mélancolique opus fut suivi par une ballade de jazz. Aux premiers mots, la jeune femme déposa son crayon sur le bloc à dessins.

I've forgotten you !

Comment peut-on prétendre avoir oublié un homme, alors que le moindre détail le concernant vous envahissait la tête et le cœur, s'infiltrait jusque dans votre sang.

I've forgotten you

I've never think of you.

Elle se souvenait de tout. Du goût de sa peau, la douceur de ses lèvres, son rire qui la faisait frémir, son sourire en coin quand il se moquait de ses emportements. De cette voix chuchotant contre son oreille, réveillant son désir aussi sûrement que le soleil se levait tous les jours.

Dans ses bras, le paradis n'était plus un concept abstrait.

Cette façon qu'il avait d'approuver ses décisions les plus folles. De la soutenir en tout. Seul le ciel savait combien cela lui avait manqué. Laurent, son Laurent, les cheveux au vent, riant aux éclats. Ses yeux de brume s'assombrissant pendant l'amour.

Cette certitude absolue qu'il était son Alfa et son Oméga.

Ils étaient si jeunes quand ils se sont rencontrés. Lui venait de terminer ses études universitaires et commençait à faire ses preuves dans l'entreprise familiale. Elle était aux beaux-arts, écrivait de la poésie, participait à toutes les manifestations culturelles de la région, mais évitait les mondanités comme la peste. Elle détestait se montrer et échanger des propos creux avec des personnes qui se souciaient comme d'une guigne de son existence. Lilly avait besoin de vrais échanges, de débats passionnés pour nourrir son jeune esprit.

Ils se sont vus pour la première fois au café, au démarrage du printemps des poètes. Lui, ne voulait pas sortir avec ses amis prétextant des dossiers à mettre à jour. Elle, répétait obstinément à ses copines qu'il lui fallait terminer une robe pour le bal qui allait clôturer la fête de la poésie.

Ils se laissèrent convaincre chacun de son côté de mettre le nez dehors, d'aller prendre l'air.

Elle avait 19 ans et lui 24. Elle s'appelait Lilly et sentait le printemps. Quand il se présenta à elle, il fut heureux qu'elle n'ait pas réagi à son nom de famille. Il connaissait la portée fracassante de son patronyme dans la région et au-delà.

Il passa la soirée dans une sorte de brouillard enchanteur, fasciné par cette toute jeune femme, pleine de certitude sur l'art, la poésie. Elle chantait d'une voix un peu voilée qui ne la rendait que plus sexy. Elle enroulait ses cheveux blonds en torsade et les retenait avec une baguette qui immanquablement les laissait s'échapper.

Il lui prit la baguette des mains dans un geste audacieux, en lui disant qu'elle était tellement belle les cheveux libres, que c'était un crime de priver le monde de jouir de ce charmant spectacle.

Et Lilly de lui retoquer un rire dans la gorge, que se prendre pour un poète ne lui donnait pas le droit de lui confisquer ses affaires.

Crânement il glissa la baguette dans la poche avant de sa chemise.

— Un verre mademoiselle, et je vous rends vos biens.

Lilly lui sourit malicieusement.

— S'il n'y a que ça pour vous faire plaisir.

Il la dévisagea très sérieusement en sachant qu'il n'allait pas se contenter de boire un verre avec elle, il voudra plus. Non en fait, il voulait déjà plus. Ils passèrent le reste de la soirée ensemble. Ils semblaient tellement bien tous les deux que leurs amis respectifs leur fichaient une paix royale.

Quand il la raccompagna devant sa porte, il refusa de lui rendre sa baguette à cheveux.

— C'est mon gage pour la soirée, déclara-t-il nonchalamment.

Elle haussa les épaules en s'éloignant. Il la retint doucement, la ramena vers lui sans la serrer de trop près.

— Il faut que je te revoie Lilly, lui dit-il bien en face.

Elle murmura d'accord en se sauvant.

— Quand ! lui cria-t-il pendant qu'elle s'enfuyait.

— Demain, pourquoi pas !

Il resta planté là simplement pendant une bonne minute avant de se décider à partir à son tour. Toute la nuit, il anticipa la rencontre du lendemain, et c'est l'esprit fébrile qu'il vit le jour se lever.

Pour lui la vie venait de commencer.

Quand il se présenta le lendemain soir devant la maison de la jeune fille, il fut invité à entrer. Ses tantes le reçurent avec courtoisie. Il leur offrit des fleurs, leur demandant la permission de l'emmener au cinéma puis diner.

— Notre nièce n'a pas besoin de notre permission pour sortir avec vous jeune homme, nous lui faisons confiance pour ses fréquentations.

Laurent leur adressa un beau sourire en les remerciant.

— Et puis, nous connaissons vos parents, fit valoir l'une d'entre elles. Nous savons que vous êtes un jeune homme bien élevé, et que vous vous comporterez parfaitement avec Lilly.

— Merci de votre confiance, répondit t'il, un petit sourire relevant le coin de sa bouche.

— Il n'y a pas de quoi, notre nièce sait se défendre.

Lilly arriva au cours de cet échange et gronda gentiment ses tantes.

— Ne fais pas attention à elles Laurent, dit-elle en lui prenant naturellement le bras. Elles essaient de traumatiser tous les garçons qui m'invitent à sortir. À plus tard !

Elle embrassa chacune de ses tantes, puis entraîna Laurent dans son sillage. Ce n'est qu'une fois la porte fermée qu'elle se rendit compte qu'il tenait un gros bouquet de roses rose.

Il lui tendit les fleurs en déclarant solennel.

— Ces fleurs sont délicates et te conviennent mieux que les roses rouges.

Elle rit en rétorquant.

— Et si j'aime les roses rouges.

— C'est trop décadent pour toi, lui fit-il savoir en ouvrant la portière de la voiture. Où veux-tu aller ? demanda-t-il avant de démarrer.

— Je ne sais pas, répondit Lilly. Diner et ballade par exemple.

— Cela me convient.

Laurent sourit, il rayonnait de bonheur.

En ville si les gens manifestaient une quelconque surprise en les voyant se promener main dans la main, ils n'en tinrent aucun compte. Ils étaient protégés, dans leur bulle, à l'abri. Ils ne voyaient personne d'autre qu'eux-mêmes. Chacun apercevant son reflet dans le regard de l'autre comme dans un miroir.

Depuis ce soir-là, on ne les croisait plus l'un sans l'autre. Soudés, complices, ils formaient un tandem, une équipe.

Ils devinrent Laurent et Lilly, Lilly et Laurent. Leurs deux prénoms indissociables, comme l'étaient leurs cœurs. Certains en vinrent même à les considérer comme un corps à deux têtes. Ce qui les faisait beaucoup rire.

Le peu de personnes qui n'approuvaient pas leur relation, s'élimina d'elles-mêmes de leur cercle d'amis.

******

Le jour de la présentation officielle de Lilly au clan des Belliviers, Laurent passa la chercher tôt dans la soirée. Il savait qu'elle serait nerveuse et voulait la rassurer.

— On ne peut pas annuler ce repas ? demanda Lilly en se tordant les doigts.

Laurent la serra contre lui tendrement.

— Ma chérie, regarde-moi. Regarde-moi, insista-t-il en l'obligeant à lever les yeux vers lui. Tout va bien se passer, tout va bien se passer, je t'assure. Ils ne peuvent pas ne pas t'aimer, ajouta-t-il en la poussant gentiment dans sa voiture.

— Ils n'y sont pas obligés.

— Ils m'aiment, affirma-t-il, ils voient combien je suis heureux depuis que tu es dans ma vie. Alors ils vont t'adorer.

— C'est ça, murmura-t-elle sceptique.

Laurent éclata de rire et lui prit la main qu'il ne lâcha plus.

Lilly fit la conquête de toute la famille avec un bémol cependant en ce qui concernait Pierre Belliviers, le père de Laurent. Il la scrutait comme un phénomène bizarre tombé dans son salon par erreur. Il évita par contre tout propos fâcheux devant l'enthousiasme du reste de la famille. Elle parla mode et potins avec Carole et Geneviève. Elle discuta longuement de politique et d'art avec Hugues qui fut étonné de la finesse de ses jugements.

— Tu as tiré le gros lot, confia-t-il à son frère devant la desserte à liqueurs.

— Papa ne semble pas être de ton avis, répondit Laurent légèrement interloqué. Je ne vois pas pourquoi il la regarde de cette façon.

— Il la jauge, je crois qu'il va se casser les dents. Lilly n'est pas une petite nature.

— Je ne veux pas qu'il la blesse, en aucune façon.

— Maman le fera tenir tranquille.

Un peu rassuré Laurent s'empressa de rejoindre son invitée, la prenant par la taille, il l'emmena dans la cuisine.

— Je tiens à faire les choses dans les règles. Maria, je te présente Lilly, Chérie voici Maria, ma deuxième maman.

La vieille gouvernante rosit de plaisir en tendant la main à la jeune fille. Cette dernière contourna adroitement la main pour faire la bise à Maria.

— Je suis très heureuse de vous rencontrer Maria, Laurent me parle tellement de vous que j'ai l'impression de vous connaître depuis toujours.

Maria rougit franchement et prit la jeune fille dans ses bras.

— Oh ! Merci de le rendre tellement heureux.

— Tout le plaisir est pour moi, répondit joyeusement Lilly et ils rirent tous les trois de bon cœur.

La soirée s'acheva tranquillement avec l'assurance pour chacun que les choses étaient à leur juste place. Sauf pour Pierre qui bougonna dans son coin, refusant d'approuver le choix de son fils.

— Tu vois, tout s'est passé comme je l'avais prévu, fit Laurent en stoppant la voiture devant la maison de la jeune fille.

— Ton père me semble désapprobateur.

— Ne te soucie pas de lui, c'est mon affaire. Dis-moi, demanda-t-il au bout d'un moment, tu serais d'accord que je t'enlève pour le week-end ?

Le cœur de la jeune fille tressauta dans sa poitrine, ses mains devinrent moites tout d'un coup.

— On peut attendre si tu veux, lui dit gentiment Laurent.

— Non, répliqua-t-elle en rougissant, je peux partir avec toi ce week-end.

Il descendit de voiture pour lui ouvrir la portière. Il s'écarta pour lui laisser la place de sortir, mais pas davantage. Il la prit contre lui et embrassa doucement ses lèvres. Enfouissant son visage dans ses cheveux, il souffla.

— Lilly, je t'aime.

— Je sais, répondit-elle sur le même ton, puis se sépara de lui, pour rentrer chez elle.

******

Elle redoutait la fin de semaine à venir tout en l'attendant avec impatience.

Elle savait ce qui allait se passer. Elle était sûre d'elle et angoissée en même temps. Lilly n'avait jamais eu honte d'être vierge à 19 ans. Elle avait toujours refusé de faire l'amour pour faire comme tout le monde.

Le jour où elle se donnera à un homme, il faudra qu'elle soit amoureuse. Et amoureuse, elle l'était au-delà de tout ce qu'elle avait pu imaginer. Être avec Laurent avait un air d'éternité qui convenait à son âme romantique.

Il avait deviné par son attitude qu'elle n'avait pas vécue d'histoire sérieuse avant lui et ne s'était donnée à personne. Il lui avait laissé le temps de se décider, il n'était pas pressé, sûr de son amour, convaincu qu'elle était sienne.

Elle jeta nerveusement des affaires dans sa valise en pensant qu'elle ne sera plus la même à son retour. La perspective de devenir une femme dans les bras de Laurent la fit trembler d'anticipation.

Les kilomètres qui menaient à la maison au bord de l'océan furent parcourus dans un confortable silence. La tête nichée contre l'épaule de son compagnon Lilly regardait la route défiler, le paysage changer, le goût de la mer devenir plus présent dans l'air.

Elle s'étira voluptueusement en descendant de voiture.

— Attends-moi ici, lui dit Laurent d'un ton de conspirateur, en emportant leurs bagages à l'intérieur.

Il revient au bout de quelques minutes en souriant.

— Maintenant, tu vas fermer les yeux et me laisser te guider.

Elle ferma les yeux et lui tendit la main en souriant elle aussi.

Il la prit par les épaules. Serrée contre son flanc, il la fit pénétrer dans la maison qui sentait le feu de cheminée malgré la douceur de la saison.

— Ouvre les yeux ! Il chuchota contre sa nuque. Bienvenue mon amour !

La jeune fille écarquilla les yeux devant le spectacle qui s'offrit à elle.

Les bûches crépitaient dans la cheminée. Le sol était parsemé de pétales de roses rose, et une bouteille de champagne dans le rafraîchissoir. Elle éclata de rire en se tournant vers lui émerveillée.

— Oh ! Laurent quelle magnifique surprise !

Elle dansa sur place de contentement. Lui la fixa intensément, son regard la brûla tellement qu'elle esquissa un léger recul.

— Veux-tu du champagne, lui demanda Laurent pour lui laisser le temps de se détendre.

— Je veux bien, répondit-elle la voix rauque, la gorge prise par l'émotion.

Il déboucha la bouteille dans un léger pop, remplit les coupes, lui tendit la sienne en s'éloignant un peu. Il lui laissa de la distance pour qu'elle se reprenne et se sente à son aise.

Elle comprit le message et vint se blottir contre son dos, lui entoura la taille d'une main et porta un toast à leur bonheur. Puis, ils burent leur champagne en silence, les yeux dans les yeux. Lilly posa sa flûte en regardant autour d'elle avec curiosité. La pièce où ils se trouvaient, était meublée avec un raffinement décontracté. De grands canapés bas aux assises tendues de lin naturel égayés par des coussins colorés jetés çà et là. Les meubles de facture ancienne s'harmonisaient parfaitement à un cadre de bord de mer.

— Veux-tu qu'on aille sur la plage ?

Elle acquiesça silencieusement. Il lui prit la main et l'emmena dehors dans la brise chaude parfumée par les embruns. L'air marin les enveloppa de ses effluves salés. Ils se promenèrent longuement se tenant par la taille. Le cœur de Lilly cognait furieusement dans sa gorge, ses jambes devinrent toutes cotonneuses. Le bruit de la mer toute proche l'étourdit légèrement. Son cœur battait, elle l'entendait comme s'il chuchotait son consentement à leur union. Sa main devint toute moite dans celle de Laurent.

— Tu as peur ? lui demanda-t-il doucement.

— Avec toi, jamais.

Il rit, collé contre elle, heureux de sa réponse, de sa confiance. Ne la lâchant pas du regard, ils refirent le chemin en sens inverse. Laurent poussa la porte du pied pour ne pas rompre le contact avec elle. Il posa doucement la main sur sa gorge, attendant sa permission. Elle déglutit péniblement, se rapprocha de lui d'un pas et fit glisser sa main sur son sein.

Il la caressa lentement, avant d'attraper sa nuque pour plaquer sa bouche contre la sienne dans un baiser torride. Elle émit une petite plainte toute tremblante, aussitôt il se recula. Ce fut elle qui combla la distance entre leurs corps et glissa hardiment les mains sous sa chemise, caressant son dos. Il frémit contre elle.

Elle défit les boutons, faisant glisser la chemise le long de ses bras et admira son torse, la ligne compacte de ses épaules. Timidement, elle le parcourut du bout des doigts.

— Tu es très beau, dit-elle dans un souffle en posant ses lèvres contre sa peau.

Laurent serra les poings pour se contenir. Il voulait se montrer tendre, mais il se sentit perdre pied, il ne contrôlait plus rien. Elle se plaqua contre lui et dans un bruit de gorge captura ses lèvres, ils s'embrassèrent passionnément. D'un geste très doux, il fit tomber son haut, passant les mains sous le soutien-gorge pour toucher sa poitrine. Elle se projeta violemment contre lui. Il résista au désir de l'empoigner, défit la fermeture de son jean, lui caressa les fesses à travers sa fine lingerie.

Elle pencha la tête en arrière pour faciliter l'accès à son corps. Ses mains devinrent plus impatientes, il se dégagea d'elle pour finir de se déshabiller. Il la fit s'allonger par terre sur le tapis moelleux. Il lui enleva ses dessous, ses yeux devenaient presque noirs, ne lâchant pas son regard. Il la pénétra doucement, elle poussa un petit cri en s'accrochant à son cou. Il resta un moment immobile la laissant s'habituer à lui. Elle se pressa contre lui pour l'inviter à continuer.

— Lilly, je t'aime, je le jure.

Ce furent les dernières paroles qu'elle entendit, avant que le monde ne s'estompe et qu'elle sombre dans la jouissance.

Bien longtemps plus tard, elle remua doucement, un peu somnolente. Elle caressa le ventre plat de Laurent en riant contre son épaule.

— Qu'est ce qu'il y a ?

— Je meurs de faim. Ça creuse de faire l'amour avec toi, ajouta-t-elle en taquinant les poils de sa poitrine.

— Moi aussi je meurs de faim, mais pas la même que toi.

— Tu crois ! s'exclama-t-elle en se frottant contre de manière sensuelle.

— Vilaine fille.

Ils refirent délicieusement l'amour. Lilly quoique encore un peu timide, fit preuve d'une audace dictée par l'émotion et l'excitation qu'elle éprouvait à être encerclée de bras aimants. Elle se donna sans retenue à l'élu de son cœur.

Un peu plus tard, nue comme un ver, Lilly farfouilla dans le frigo. Laurent lui claqua une tape sur les fesses.

— Je te croyais pudique.

— Non, j'aime que tu me regardes.

— Je ne fais que ça, si tu continues comme cela, je vais perdre la tête.

— Ah non, protesta-t-elle, tu me nourris.

— Alors couvres toi.

Elle passa son petit haut et sa culotte, Laurent la regarda en secouant la tête.

— Chérie c'est pire, dit-il en rigolant.

— Tant pis pour toi, répliqua-t-elle intraitable. Fais-moi à manger !

— Tu es dure.

— En amour toujours.

Ils passèrent le reste du week-end, à se balader, échanger des promesses et faire l'amour.

******

Le repas chez les tantes de Lilly fut plus informel que chez les Belliviers, mais tout aussi chic. La table recouverte d'une nappe blanche en lin brodée, l'argenterie et les verres en cristal étaient dignes des plus grandes tables. Évelyne en fin cordon-bleu, avait concocté un menu de rêve.

Petites bouchées aux crevettes avec l'apéritif. Une salade sauvage aux coquilles st Jacques en entrée, des petites cailles fourrées au foie gras accompagné de riz de Camargue, suivi d'un mi-cuit au chocolat et sorbet de fraise.

L'ambiance était des plus détendues.

Entouré de trois femmes aux petits soins, Laurent se sentit comme un coq en pâte.

— Mesdames, je crois que je vais faire des infidélités à Maria. Votre cuisine est succulente.

Évelyne sourit contente d'elle, la joue appuyée sur sa main.

— L'ingrédient secret de toute bonne cuisine est l'amour.

— Alors, je suis gavé d'amour, renchérit gravement Laurent.

— J'espère bien, le réprimanda sévèrement Lilly.

Tout le monde éclata de rire autour de la table.

— Merci pour les fleurs, relança Mia, elles sont splendides.

— Ce sont celles que je fais pousser dans les serres du labo.

— Tu les utilises pour tes parfums ?

— J'obtiens une fragrance plus puissante par hybridation, j'espère qu'elles ne vous incommodent pas.

— Non, pas du tout ! Elles sont parfaites.

— Tu travailles sur un nouveau projet, je me suis laissé dire.

Laurent lança un étrange regard en direction de Lilly avant d'avouer.

— Ça va être une grosse surprise.

— Tant que ça ! s'étonna Mia.

— Vous verrez le moment venu, confirma-t-il dans un sourire.

— Qu'est-ce que c'est ! Voulut savoir la jeune fille en s'asseyant sur ses genoux.

— Si je te le dis ce ne sera plus une surprise ma chérie, tu vas devoir être patiente.

— Bon comme tu veux, répondit elle en boudant.

— Si tu fais ta mauvaise tête, tu n'auras pas ton cadeau.

À l'évocation d'un cadeau elle enserra sa nuque de ses bras à l'étouffer.

— Je veux voir mon cadeau et tout de suite.

Laurent la repoussa gentiment. Il se leva pour fouiller dans la poche de sa veste et sortit une boîte longue et plate emballée dans un sublime papier aux tons chauds rouge et or et le lui tendit.

— Vas-y ! Ouvre, le pressa-t-il, comme elle hésitait à lui prendre le paquet des mains.

Lilly déballa délicatement le paquet cadeau, pour tomber sur une boîte en satin noir qu'elle ouvrit pour découvrir un superbe collier en or fin tressé avec une rose en or sculptée incrustée de minuscules brillants.

Son regard navigua du cadeau à Laurent et ses yeux se remplirent de larmes.

Il lui passa le pendentif autour du cou en lui murmurant à l'oreille.

— Je t'aime.

Elle toucha le pendentif le fit rouler sous ses doigts. Une larme silencieuse coula sur sa joue.

— Il te plaît, s'inquiéta Laurent devant son silence.

Elle se pendit à son cou, l'embrassant à pleine bouche.

— Je l'adore, il est magnifique.

— Comme toi.

— Je ne suis pas aussi jolie que ça, répondit-elle avec coquetterie.

— Tu es bien plus mon cœur, répondit Laurent avec assurance. Toi tu es unique, tu es précieuse.

Leur histoire s'inscrivit dans une phase plus officielle. Les deux familles avaient donné leur bénédiction, même si personne ne savait à quoi s'attendre concernant Pierre.

Les jours s'écoulèrent dans une douce béatitude. Ils firent le projet de se fiancer pour les 20 ans de Lilly, la certitude de la jeunesse, ne leur permettait pas des questions.

Chapitre VII

Dans l'entreprise, les affaires étaient au beau fixe. Les parfums Belliviers caracolaient en tête des ventes.

Les circonstances donnèrent très vite tort à ceux qui croyaient que Laurent était à son poste parce qu'il était le fils du patron. Il avait des idées audacieuses. Il bousculait les codes établis, dépoussiérait les procédures de production. Il trouvait que la maison s'adressait uniquement à une clientèle de bourgeois établis.

Il fit intégrer dans le catalogue des fragrances plus légères, plus jeunes, pour toucher un plus large public. Tout en respectant l'éthique de la marque, il renforçait son prestige. Il travailla aussi avec l'agence de publicité afin de repenser l'image de la parfumerie.

Il proposa celle d'une femme plus jeune, qui travaille. Elle était libre de ses décisions, et n'était en aucun cas prisonnière des convenances. Une femme moderne, dans l'air du temps.

Si son père se montra réticent au départ, il changea vite d'avis devant les commandes et les articles dithyrambiques de la presse spécialisée. Le chiffre d'affaires grimpa en flèche. Et Laurent tenait les rênes d'une main ferme.

Il écoutait tous les conseils des aînés, mais en tenait compte uniquement que si ça l'arrangeait et allait dans le sens de l'objectif qu'il visait. Il se fit respecter de ses subalternes, en autorisant des mesures plus justes que celles appliquées par son père. Il passait à l'usine écouter les doléances, trouvait du temps pour qui voulait le rencontrer, et récompensait uniquement au mérite.

Il n'avait pas l'intention de rester enfermé dans sa tour d'ivoire. Quand il y avait un souci dans un poste de production, il se déplaçait sur les lieux pour se rendre compte par lui-même. Pour être au courant de tout et savoir de quoi on lui parlait en réunion.

Il se tenait informé du moindre changement dans son entreprise et n'était jamais pris de court. Il était souple avec ses ouvriers, autant qu'il se montrait retors en négociation. Il fit scandale quand il proposa d'augmenter les salaires des ouvriers aux plus bas postes. Le conseil d'administration fit barrage, il défendit son point de vue bec et ongles et obtint gain de cause, avec des preuves chiffrées par les études de marché qu'il avait au préalable commandées.

Il n'en fut que plus aimé par le petit personnel.

Ses méthodes de gestion portèrent leurs fruits par une meilleure productivité, et une plus grande confiance de ses divers partenaires. Laurent surfait sur la vague du succès sans se laisser étourdir. Il avait un but à atteindre et entendait bien y arriver. Il aimait les défis, le travail ne lui faisait pas peur. Et il savait pouvoir compter sur l'appui de son frère et sa sœur, ainsi que le soutien sans faille de Lilly.

Pour lui l'avenir se présentait sous les meilleurs auspices.

Il organisait de nombreuses réunions avec Carole et Hugues afin de commencer à envisager une incursion sur le marché des produits cosmétiques. Le soir où il fut convoqué par son père, il en fut tout heureux, car il n'avait que de bonnes nouvelles à lui apprendre.

Il entra dans le bureau de ce dernier d'un pas conquérant, se servit un café, et déposa ses nombreux dossiers sur la table.

— Bonsoir papa, dit-il en embrassant son géniteur. Tu es pâle, tu devrais te reposer un peu plus. Va donc passer quelques jours à la maison de la plage, cela te redonnera des couleurs.

Son père ne répondit pas. Il se contenta de fixer sa table de travail en tapotant nerveusement des doigts contre les rebords.

— Qu'est ce qui ne va pas ? interrogea Laurent inquiet, c'est ton cœur ?

— Non, mon fils, je nous ai foutus dans un drôle de bain.

— Que veux-tu dire ?

— Il n'y aura pas assez d'argent pour investir dans tes projets.

— Je ne comprends pas, dit Laurent, un peu déconcerté. J'ai apporté le dernier bilan financier, il est très bon.

— Ton bilan ne prend pas en perspective les investissements des portefeuilles personnels.

— On ne mélange pas les avoirs de la famille et ceux de l'usine.

— Laurent ! La voix de Pierre était lourde de lassitude. J'ai été mal conseillé par nos banquiers, je me suis engagé dans des opérations qui se sont révélées foireuses. Si je ne recouvre pas les créances, on va se retrouver en faillite pour impayés

— Tu plaisantes, s'écria Laurent affligé par la nouvelle. Que va-t-on faire ?

Après un instant de réflexion, il fouilla frénétiquement dans ses papiers.

— Si nous liquidons les avoirs annexes, en vidant les comptes, on pourra parer au plus pressé, le temps que je trouve une solution. On sera dans le rouge pendant un moment. Avec tout l'argent qu'on a fait gagner aux banques, elles n'auront pas intérêt à la ramener.

— On ne peut pas Laurent. Il n'y a plus rien sur les comptes annexes, je les ai utilisés pour payer les intérêts. De toute façon ils auraient été saisis par nos créanciers.

— Papa ! dit Laurent catastrophé, tu aurais dû m'en parler. J'ai engagé notre nom auprès des fournisseurs et autres partenaires pour mes nouveaux projets.

— C'est pour cela que j'ai voulu te parler au plus vite.

— Tu aurais dû le faire avant. Si je me dédie maintenant, il va y avoir des rumeurs, on n'y survivra pas. Bon sang papa ! explosa-t-il, comment as-tu pu être aussi léger, toi qui te targues toujours d'être prudent ! Qu'est ce qui t'a pris !

— J'avais confiance.

— Oui, tellement confiance que tu n'as pas jugé bon de m'avertir pour que je prévienne d'éventuels dégâts. Tu oublies que je suis à la tête de l'entreprise et que c'est à moi que l'on va demander des comptes.

— Des dégâts, il n'y en a jamais eu dans la société.

— Et bien tu vois, il suffit d'une fois, répliqua son fils.

Il se laissa tomber dans le fauteuil face à son père. Il se passa les mains dans les cheveux avec frustration.

— Bon, qu'est ce qu'on va faire ?

— Il y a une solution, mais c'est délicat, fit valoir Pierre.

Laurent le regarda perplexe.

— Tu ne vas pas me demander de flirter avec des méthodes illégales, si on se fait prendre, on est finis.

— Non, mon fils, ce n'est pas cette solution-là que j'envisageais.

— Alors quoi ? interrogea Laurent énervé par les hésitations de son père. Crache le morceau, gronda-t-il.

— Carlos peut nous prêter l'argent.

— Où est le piège ?

— Tu n'as pas remarqué que Fabienne fréquentait beaucoup notre maison ces temps derniers.

— Oui, mais je ne vois pas ce que ça vient faire là-dedans !

— Tu lui plais, dit son père d'une voix si basse que Laurent crut dans un premier temps avoir mal entendu.

— Je lui, quoi ?

La nouvelle le choqua au plus haut point. Se levant d'un bond, il se mit à déambuler d'un pas nerveux dans le bureau en murmurant.

— Bordel ! Bordel ! Ce n'est pas vrai, je n'y crois pas !

Se tournant vers son père il lui jeta avec mépris.

— Tu veux me vendre à Carlos pour sauver ta boîte.

— Non, je veux sauver ma famille, répliqua le vieil homme.

— Il fallait y penser avant de jouer à des jeux hasardeux.

— Je ne peux pas laisser mourir ce pourquoi mon père et le père de son père se sont battus. Laurent, c'est au-dessus de mes forces.

— Et moi là-dedans, je suis un pion, c'est ça ! Carlos achète un mari à Fabienne, en contrepartie il sauve ta putain d'entreprise, lui hurla Laurent à la figure.

— Surveille ton langage avec moi mon garçon.

— On a dépassé ce stade, fit Laurent narquois, tu ne penses pas.

— Je sais que je te demande un sacrifice, lui dit son père, mais je n'ai pas le choix. Au rythme où vont les choses, on peut perdre la propriété familiale.

— Oh mon Dieu !

Défait, Laurent se laissa à nouveau tomber dans le fauteuil. Il enleva sa veste, desserra sa cravate et se servit un whisky bien tassé qu'il but d'un trait.

— Je sais que je contrarie tes projets d'expansion, dit son père d'un ton d'excuse.

— Au point où nous sommes rendus, je me fous pas mal de mes projets d'expansion.

— Il n'y a pas d'autre solution que l'infamie que tu me proposes, relança-t-il après un silence pesant.

— Laurent n'exagère pas !

— Tu offres de me vendre comme une prostituée et c'est moi qui exagère. Non ! cria-t-il en tapant violemment du poing sur le bureau quand son père tenta de reprendre la parole. Je dois quitter la femme que j'aime pour me mettre avec une crétine prétentieuse et mal élevée, dont le seul charme est l'argent de son père. Mais putain papa ! Tu veux ma mort.

— Fabienne peut être un bon parti.

— Je n'en ai rien à faire de ton beau parti, je veux me marier avec Lilly.

— Elle n'est pas de notre monde.

— Je t'en prie papa. Si tu veux que je conserve encore un peu de respect pour toi, tu ne parles pas de Lilly. Elle a plus de noblesse dans son petit doigt de pied que toi dans toute ta personne.

Pierre chancela sous l'insulte comme sous l'impact d'une gifle. Sa gorge émit un râle. Il ouvrit la bouche de façon saccadée, en se comprimant la poitrine. Son visage blafard se couvrit de transpiration.

— Appelle mon médecin, dit-il à son fils d'une voix suffocante. Je t'en prie Laurent.

Ce dernier se précipita sur son père, il le redressa dans son fauteuil, saisit le téléphone en pressant sur la touche abrégée pour appeler le médecin.

— Docteur Vickers ! Venez vite, dit-il précipitamment dans le combiné dès qu'il entendit que l'on avait décroché. Mon père vient de faire un malaise.

Il plia sa veste et cala la tête de son père pour qu'il soit installé le plus confortablement possible. Ne voulant pas le quitter, il appela sa mère par la ligne intérieure, lui demandant d'avertir les autres membres de la fratrie.

Il ne bougea pas jusqu'à l'arrivée du médecin et aida à conduire son père dans la chambre à coucher. Il attendit pendant que le médecin l'examinait. Il essaya de rassurer sa mère qui tournait en rond devant la porte torturant un mouchoir entre ses mains.

Elle se précipita sur le médecin sitôt que ce dernier sortit de la chambre.

— C'est grave ! demanda-t-elle d'une voix de petite fille.

— Je ne vous le cache pas. Il lui faut du repos. Il a subi un grand choc, il faut qu'il reste au calme. Aucune contrariété, vous avez compris, dit le docteur Vickers d'une voix ferme en les regardant. Il ne doit pas travailler dans les jours à venir. Je reviendrai le voir demain. Il va dormir, alors laissez le tranquille.

Sans un mot Laurent embrassa sa mère et sortit dans le jardin. Il resta assis pendant des heures à cogiter sur la décision à prendre. Il se sentit déchiré. Il était pris en tenaille entre sa loyauté envers sa famille, ses responsabilités envers ses employés et son amour pour Lilly.

Le petit jour le surprit toujours indécis quant à l'attitude à adopter.

******

Ce jour-là au bureau, il expédia les affaires courantes, évitant de penser à la décision qu'il allait devoir prendre dans les prochains jours. La situation risquait d'empirer s'il n'y mettait pas vite un terme.

Son téléphone sonna, il le regarda d'un air absent et l'ignora. On frappa à la porte de son bureau, sans attendre sa réponse Carole y passa la tête.

— Papa te réclame, il dit que c'est urgent.

Fou d'inquiétude, Laurent sauta dans sa voiture pour se rendre dans la propriété. La tête vide, le cœur au bord des lèvres, il conduisait de manière automatique, comme un robot. Il ne sut jamais comment il arriva dans la résidence familiale.

Il trouva son père appuyé contre ses oreillers plus pâle que jamais.

— Qu'as-tu décidé mon fils ? demanda-t-il aussitôt que Laurent pénétra dans la chambre.

— J'ai jeté un coup d'œil à tes chiffres, c'est plus grave que tu ne me l'avais dit. Nous avons moins d'une semaine pour redresser la barre.

— Je sais, répondit son père. C'est pour cela que je me rongeais autant les sangs.

— Bon, capitula Laurent. Je vais appeler Carlos.

— Il est au salon. Il a appris pour moi et il est aussitôt accouru pour prendre de mes nouvelles. Je t'en prie Laurent, reprit-il devant le regard soupçonneux de son fils. C'est un vieil ami, il se fait du souci pour moi.

— D'accord, je descends lui parler, décida Laurent.

Il effleura la main de son père et descendit au salon avec le sentiment d'aller à l'échafaud.

— Bonjour Carlos, salua-t-il en pénétrant dans la pièce.

Oh surprise ! Il trouva Carlos flanqué de sa fille, tenant compagnie à sa mère qui tentait de faire bonne figure tant bien que mal. Fabienne vint vers lui pleine de sollicitude.

— Laurent ! dit elle en l'embrassant sur la joue. Je suis vraiment désolée pour ton père. Nous sommes venus dès que nous avons appris la nouvelle. Nous sommes là pour vous apporter toute l'aide dont vous aurez besoin ta famille et toi.

Laurent lança un furtif coup d'œil à Carlos, celui-ci lui fit un léger signe de dénégation. Laurent respira plus librement, il n'avait pas l'intention de s'humilier devant cette jeune femme si prévenante se soit elle montrée.

— Laurent, il faut qu'on parle. On va laisser ces dames entre elles. Peux-tu me recevoir dans ton bureau ?

— Bien sûr, répondit-il et d'un signe il invita Carlos à le suivre.

Au bureau il leur servit un peu de cognac. Il en avait besoin, vu la pilule qu'il allait lui falloir gober.

— Je connais la situation, lui dit Carlos. J'ai proposé à Pierre de l'aider, et lui a vu une excellente occasion pour unir nos deux familles. Ma fille n'est pas au courant, ajouta-t-il précipitamment devant le sourcil ironiquement levé de Laurent. Je ne mélange jamais ma famille à mon travail.

Laurent faillit s'étrangler avec sa boisson, mais ne répondit rien.

— Je te laisse faire les choses à ta façon, reprit Carlos. J'ai les numéros de vos comptes, Pierre me les avait confiés. J'effectue tous les virements dès ce soir. Je ne vous prends aucun intérêt, c'est une entente amicale.

— Qui me coûte très cher, prévint Laurent.

— Si tu lui laisses sa chance, ma fille pourra t'étonner.

Ne recevant pas de réponse, Carlos s'avança vers Laurent pour lui serrer la main.

— Je te respecte et j'ai confiance en toi. J'ai vu comment tu as pris les affaires en mains, je te promets une discrétion absolue sur nos transactions.

Touché malgré lui par tant de gentillesse, Laurent prit Carlos dans ses bras, ils conclurent leur affaire en se donnant de grandes tapes dans le dos.

— Je te promets aussi de ne jamais intervenir, je sais que tu feras au mieux, je te connais.

Il salua Laurent d'un hochement de tête et s'en fut. Ce dernier resta seul dans le bureau un certain temps, puis s'ébrouant, il appela au siège et demanda qu'on annule ses rendez-vous pour les deux jours à venir. Il fit savoir qu'il travaillera de la maison. Il débrancha son téléphone professionnel et sauta dans sa voiture. Il avait besoin de voir Lilly il ne voulait pas qu'elle apprenne le malaise de son père par un tiers. À peine se garait-il devant la maison, qu'il la vit venir vers lui. Il faillit flancher et prendre la fuite. Elle le serra fort, et ne le lâcha pas.

— Quelque chose ne va pas ?

— Oui, c'est mon père dit-il dans un sanglot. Il a fait une grave crise, il est à la maison. Il faut que je reste à son chevet, je travaillerai de là-bas.

— Que puis-je faire pour toi ?

— Rien mon amour, accorde-moi juste quelques jours.

— Bien sûr, tu as besoin d'être avec ta famille. Tu as tout mon soutien, dit-elle en le regardant au fond des yeux.

Elle lui prit la main, la posa sur sa poitrine.

— Je t'aime, dit-elle avec ferveur. Appelle-moi bientôt.

Elle lui fit de grands signes de la main en regardant la voiture s'éloigner.

Écœuré, au bord des larmes, sentant son avenir s'assombrir de manière irrémédiable, Laurent regagna la propriété. Pris de nausée, il se précipita dans sa chambre en claquant la porte. Il alla dans la salle de bains, le corps secoué de violentes convulsions, il recracha de la bile.

Les traits tirés, le pas lourd comme s'il était ivre, il se déshabilla, resta longtemps sous la douche, pour se laver de toutes les souillures à venir. Il se brossa longuement les dents pour chasser le goût infect qu'il avait dans la bouche. Il mit un soin quasi maniaque à s'habiller, costume gris perle, chemise bleu foncée, pas de cravate. Il s'examina dans le miroir de la chambre, emmuré dans son costume. Il sortit comme s'il se disait adieu.

Il retrouva toute sa famille au salon la mine défaite. Avec la maintenant incontournable Fabienne.

— Bonsoir. Il réussit à sourire. Je boirai bien un verre, dit-il à sa sœur.

— Laisse, s'écria Fabienne. Elle s'empressa de faire le service, sous les yeux étonnés de la petite assemblée.

— Je suis là pour aider, leur dit-elle dans un charmant sourire. Vous pouvez compter sur moi.

Elle tendit son verre à Laurent évitant de frôler sa main. Il la remercia silencieusement et alla se percher sur l'accoudoir du fauteuil de sa mère.

— Il va s'en sortir Mamina, tu vas voir. Il a toujours été fort, ce n'est pas aujourd'hui qu'il va nous quitter.

Geneviève sourit en entendant ce petit nom que ses enfants lui donnaient quand ils voulaient l'amadouer après une énorme bêtise. Elle posa la tête contre l'épaule de son fils à la recherche de réconfort, il lui entoura l'épaule, la berçant doucement.

— Que le ciel t'entende mon chéri, je refuse de le perdre.

— Tu ne le perdras pas maman, s'écria Carole les larmes aux yeux, touchée jusqu'au tréfonds par la peine de sa mère.

— Bon, il est temps que je me retire. Fabienne se leva, fit une bise à tout le monde.

— Je te raccompagne, lui dit Laurent après une hésitation marquée.

La jeune femme sourit triomphalement en lui prenant le bras. Voyant l'air interloqué de Carole et Hugues, Laurent articula silencieusement je-vous-expliquerai. Il aida Fabienne à enfiler son gilet et l'accompagna jusqu'à sa voiture.

— Puis-je revenir demain prendre des nouvelles ? demanda cette dernière.

— Oui si tu veux, répondit Laurent fuyant son regard.

— Je ne voudrais pas gêner, rétorqua Fabienne légèrement vexée.

— Mais non voyons ! fit Laurent. Ça fera du bien à maman de te voir.

— C'est à toi que j'aimerais faire du bien.

— Je vois, dit Laurent en lui lançant un petit sourire contraint.

— Rentre donc retrouver ta famille. Tu es épuisé, va te reposer.

Fabienne lui fit une petite bise amicale et s'installa dans sa voiture.

Ça aurait pu être pire, pensa Laurent en regagnant la maison.

— Tu veux me dire ce qui se passe ? Carole se campa devant lui en quête d'explication.

— Qu'est ce qu'elle fiche ici, insista-t-elle, devant le mutisme de son frère.

— Papa les a appelés.

— Je peux savoir pourquoi ? demanda Hugues.

— Il avait des choses à voir avec Carlos concernant des investissements.

— Mais il est malade, s'énerva la jeune femme.

— Je sais, fit Laurent apaisant. Papa voulait s'assurer que Carlos réglerait les détails avec moi maintenant qu'il est alité.

— Et il avait besoin de débarquer chez nous avec sa fille !

— Carole, intervint Geneviève, laisse donc ton frère tranquille, il n'y est pour rien. Fabienne a toujours été la bienvenue chez nous, qu'est ce qui te prend ?

— J'ai envie qu'on soit entre nous sans ingérence étrangère. Est ce trop demander ! dit Carole en allant se resservir à boire.

— Écoutez, leur dit Laurent, il les regarda bien en face. Il va y avoir beaucoup de changements dans les jours à venir, certains seront très désagréables. Il faudra tenir le coup s'il vous plaît.

La gravité de son ton impressionna tant sa famille que personne ne relança la discussion. Le diner ce soir-là se prit dans une ambiance accablée, chacun était enfermé dans ses pensées. Aucun des membres de la famille ne fit d'effort pour alléger l'atmosphère. Le visage grave, ils se dirent bonsoir tout de suite après le café et chacun regagna sa chambre, l'esprit obscurci par d'angoissants présages.

******

L'état de Pierre s'améliora doucement. Laurent se tua deux fois plus au travail, c'était le seul dérivatif qu'il trouva pour s'accrocher à la réalité de sa vie. Et il fallait aussi régler tous les problèmes survenus dans l'entreprise avant qu'il n'y ait des soupçons qui seraient immanquablement suivis de rumeurs. Et là pour rattraper le coup, l'argent de Carlos ne suffirait pas. Laurent avait conscience de sa fuite en avant, il refusait de prendre une décision qui allait mettre un terme à son histoire d'amour avec Lilly. L'évocation de la jeune fille lui effritait le cœur et ouvrit dans son âme un gouffre de désespoir. Le pire, c'est qu'il ne pouvait s'en ouvrir à personne. Son fardeau, il allait devoir le porter tout seul. Et les excuses de Pierre, si excuses il y avait n'y changeraient pas grand-chose.

La semaine s'écoula sans qu'il ne revoie Lilly. Il lui écrivit deux fois pour la rassurer sur l'état de santé de son père, il ne se sentait pas prêt à l'affronter. Tous les arguments qu'il avançait pour se convaincre de la pertinence de sa décision quand il se retrouvait seul le soir dans sa chambre, lui paraissaient vains et dénués de fondement à la lumière du jour. Sa torture intérieure se lisait sur son visage. Ses collaborateurs ainsi que sa famille crurent que cette mine défaite était due à la surcharge de travail et la santé préoccupante de Pierre. Il n'avança aucun démenti pour les rassurer. Il était en train de se noyer et le souci de son entourage passait au second plan. Il allait perdre la jeune fille qu'il aimait, et il ne voyait aucun moyen d'empêcher ce mal de s'accomplir. Il allait redresser l'entreprise familiale et saborder sa vie sentimentale. C'était le prix à payer pour que survive le rêve des Belliviers.

Chapitre VIII

Il faudra au préalable avoir un entretien avec Fabienne pour clarifier les choses.

Au point où il en était, il ne pouvait plus revenir en arrière. Il était assez rongé comme ça par la culpabilité d'avoir provoqué la dernière crise, il ne pourrait se permettre de vivre avec la mort de son père sur la conscience.

Quoi qu'il fasse, il était perdant.

L'important à ses yeux maintenant c'était de limiter la casse. Il ne voyait pas comment épargner Lilly et cette vérité lui broyait l'estomac.

Il s'enferma dans son laboratoire des heures entières après avoir expédié les dossiers de la journée. Mais il ne se sentait pas le courage de peaufiner la surprise qu'il préparait pour l'anniversaire de Lilly. Il avait déjà acheté la bague pour les fiançailles, il avait projeté de la lui offrir avec un parfum exclusivement fabriqué pour elle. Il ne se voyait pas lui offrir un parfum pour la quitter tout de suite après.

Le cœur en miettes, il rangea la formule, les fioles d'essai et le magnifique flacon en cristal taillé qu'il avait fait fabriquer pour elle. Il disposa le tout dans une boîte, plaça l'écrin par-dessus, installa la boîte dans une armoire qu'il ferma à clé, et ajouta la clé à son trousseau. Il sortit tête baissée, épaules voûtées, il enterra sa peine au fond de son cœur et se promit de faire du mieux qu'il pourra pour tout le monde.

Il allait faire face à ses responsabilités. C'est la seule façon de se racheter à ses yeux et à ceux de Lilly.

Il donna rendez-vous à Fabienne dans un bar huppé du centre-ville. Il voulait la rencontrer en terrain neutre. Il commanda une eau gazeuse en l'attendant, il désirait avoir les idées claires.

Elle arriva sanglée dans une toilette haute couture, avec le port orgueilleux de ceux qui connaissent leur place dans le monde.

— Laurent, je suis si heureuse de te voir, lui dit-elle dans un sourire.

Elle prit place face à lui posant la main sur la sienne, il fronça les sourcils. Surprise, elle retira doucement sa main en soupirant.

— Laurent, quoi que tu en penses, lui susurra-t-elle, je peux être une compagne très agréable. Nous avons des intérêts communs puisque nos pères font des affaires ensemble, et le tien verrait d'un bon œil un rapprochement entre nous deux. Il me l'a clairement laissé entendre. Je pensais que c'était le cas pour toi.

— Fabienne, répondit-il en se grattant la gorge. Pour moi tu es une amie de la famille, si tu espères que les choses évoluent entre nous, il te faudra être patiente.

— Contrairement à ce que l'on croit, je sais être patiente quand ça en vaut la peine. Et pour moi tu en vaux la peine Laurent.

Il ferma les yeux en serrant les mâchoires.

— Je ne veux pas qu'on se mente.

— Tu veux parler du fait que tu ne m'aimes pas ? remarqua-t-elle narquoise. Je le sais, rassure-toi. Mais, je veux être avec toi quand même. Je me ferai aimer de toi, n'en doute pas une seule seconde.

Il fut malgré lui ébranlé par la conviction de la jeune femme. Il en fut réconforté quelque part et se considéra moins comme un salaud, puisqu'elle savait à quoi s'attendre.

La tension tomba d'un coup entre eux. Laurent se convainquit que s'ils y mettaient un peu de bonne volonté, la situation pourrait être vivable.

— Je te promets de faire en sorte que tout se passe bien, lui répondit-il.

— Moi aussi, je te le promets, dit Fabienne en lui prenant la main. Et il la laissa faire.

Il fut soulagé de la quitter assez tôt dans la soirée en prétextant une réunion avec la famille. Elle lui souhaita gentiment une bonne soirée et le laissa partir, convaincue que plus rien ne viendra contrarier ses plans.

Laurent s'arrêta au bord de la route et respira lentement, pour se donner du courage et prit son téléphone pour appeler Lilly.

— Bonjour, répondit-elle la voix essoufflée.

— Qu'est ce que tu faisais ?

— On dansait mes tantes et moi. Comment vas-tu ? demanda-t-elle après un court silence.

— Bien, mon père se remet doucement. Je veux te voir Lilly. Tu me manques, avoua-t-il involontairement.

Il ne pouvait pas museler son cœur, en écoutant la voix de la femme aimée.

— Toi aussi, tu me manques. On peut se voir demain à l'heure qui t'arrange.

— À 15 heures au parc.

— On pourrait se rencontrer à notre endroit habituel.

— Non, je préfère le parc, insista-t-il en fermant les yeux.

— D'accord, acquiesça-t-elle un peu surprise. Tu es sûr d'aller bien ?

— Oui, c'est juste de la fatigue.

— Cela n'a pas dû être facile mon pauvre chéri de faire face à tant d'évènements.

— Tu n'as pas idée. Mais tout va s'arranger, je te vois demain.

— À demain alors, embrasse ta mère.

Il raccrocha et envoya valser le téléphone sur le siège passager.

— Merde ! Merde ! Merde ! cria-t-il en tapant le volant de ses mains.

Il rentra chez lui et ne desserra pas les dents de toute la soirée, la mine sombre, les gestes ombrageux. Sa nuit fut des plus agitées, trop chaotique pour être d'un quelconque repos. Il sortit du lit abruti de fatigue. Il prit une douche glacée, pour recouvrer ses esprits. Aujourd'hui la journée sera une véritable épreuve pour ses nerfs.

******

Au bureau il s'interdit de voir ses proches collaborateurs, il ne tenait pas à leur faire subir sa mauvaise humeur. Il ne mangea rien de la journée, l'estomac trop révulsé pour avaler quoi que ce soit. Les dossiers inhérents au fonctionnement de l'entreprise, malgré l'urgence de la situation, ne parvinrent pas à retenir son attention bien longtemps. Il était agité, fébrile au-delà du raisonnable. Il n'arrêta pas de tourner en rond dans son bureau, tantôt assis, puis debout en fixant la pendule où les minutes s'égrenaient désespérément lentes. Il accepta les communications téléphoniques uniquement quand l'interlocuteur ne lui laissait aucun choix. Il y avait des partenaires dont il ne pouvait ignorer les appels.

Il se rendit tôt au parc pour rejoindre Lilly. Il n'avait rien improvisé. Incapable d'aligner deux idées, il s'assit pour patienter, fatigué de faire les cent pas.

Elle arriva en courant et se jeta dans ses bras. Elle l'embrassait à l'étouffer.

— Tu m'as tellement manqué, souffla-t-elle en posant la tête sur son torse.

Il la serra à lui broyer les côtes, et la repoussa doucement pour la regarder. Elle lui effleura la joue, dévastée par sa mine.

— Ton père est mort, dit-elle dans un sanglot.

— Non, non, répondit-il précipitamment lui fermant les lèvres de ses doigts. C'est moi qui suis mort, faillit-il ajouter.

— Alors, qu'est ce qu'il y a ?

Il avala sa salive, lui prit la main qu'il embrassa doucement.

— Je dois te dire adieu ma Lilly.

Elle le fixa de ses grands yeux sans comprendre.

— Que veux-tu dire ? Tu pars en voyage ?

— Non, je pars tout court, toi et moi on ne se verra plus.

Elle rit, croyant qu'il plaisantait et recula devant son regard figé, le gris de ses yeux virant au noir.

— Pourquoi ? parvint-elle à balbutier avec difficulté.

— Je dois renoncer à nous.

— Mais, nos fiançailles, dit-elle en secouant vigoureusement la tête. Je refuse !

Elle leva les mains devant elle dans un geste de protestation et de défense.

— Je me suis trompé, lui répondit Laurent en s'approchant d'elle.

— Tu me déchires le cœur et tout ce que tu trouves à me dire, c'est je me suis trompé.

— Lilly, je suis désolé, je ne peux pas faire autrement.

— Pourquoi ?

Elle se mit à crier et les gens autour, commençaient à les regarder curieusement.

Laurent l'attira contre lui, la coinça contre le tronc d'un arbre en cherchant son regard.

— Lilly, je dois te quitter, c'est fini, tu ne me verras plus.

— Laurent, murmura-t-elle, faiblement, tu es en tain de me tuer, tu ne t'en rends pas compte.

Il la serra brutalement contre lui.

— Je suis désolé, répéta-t-il une dernière fois avant de s'éloigner.

Lilly ne sut jamais comment elle avait regagné sa maison. Son seul souvenir, c'était les cris de bête à l'agonie qu'elle s'entendait pousser, roulée en boule sur le sol de la cuisine.

Evelyne et Mia affolées par ce déferlement de douleur, téléphonèrent chez Laurent. Ce dernier refusa de prendre leur appel. Elles finirent par appeler le médecin qui donna un sédatif à la jeune fille en recommandant à ses tantes de rester à son chevet. Lilly dormit toute la nuit et une partie de la journée du lendemain. La seule réponse qu'elle donna à ses tantes quand ces dernières l'interrogèrent fut :

— Je vais avoir 20 ans, et ma vie est finie.

Les deux femmes la veillèrent, jour et nuit et apprirent la cause de son déchirement au compte-gouttes.

La jeune fille pleura trois jours durant, refusa de s'alimenter, de sortir de sa chambre. Murée dans un inquiétant silence. Les deux femmes firent de leur mieux pour la sortir de sa léthargie. Les mots d'encouragement glissèrent sur Lilly comme l'eau sur les plumes d'un canard. Elle était hors de portée, absente. Ses yeux vides fixaient les gens et les choses sans les voir. Elle agissait comme si plus rien n'avait d'importance. Toute son attitude traduisait une immense lassitude, un refus de la vie.

Le médecin revint plusieurs fois s'enquérir de son état de santé. Il prescrivit des vitamines et une cure de grand air estomaqué par la mine cadavérique de la malade.

Ses tantes se résolvaient à l'emmener dans une petite maison qu'elles possédaient à la montagne. Le matin du départ, se mouvant comme entravée par le poids des ans, Lilly leur demanda de retarder le voyage de quelques heures. Il fallait qu'elle fasse une chose urgente, Mia et Évelyne se contentèrent de donner leur accord sans une seule question.

Quand la jeune fille revint dans l'après-midi, la mine hagarde, le regard encore plus éteint, elle tenait à peine debout. Les deux femmes s'affolèrent au point qu'elles lui firent prendre un calmant dans son jus d'orange. Lilly ne leur opposa aucune résistance. Elle était à bout de tout. Ses tantes s'en occupèrent, retrouvant les réflexes de l'époque où elle était petite fille.

Elles l'embarquèrent dans leur voiture comme un paquet. Mia prit le volant tandis qu'Évelyne resta à l'arrière avec la jeune fille. Lilly passa le trajet à dormir la tête abandonnée contre l'épaule d'Évelyne.

Elle ne fêta pas son vingtième anniversaire. Elle resta tapie dans sa chambre, refusant de sortir même pour prendre l'air. Enfermée dans un silence que rien ne semblait pouvoir rompre.

Sortir c'était renouer avec le monde, la vie, et elle n'en avait aucune envie. Le seul effort qu'elle consentit, fut de descendre dans la cuisine et d'y rester des heures le nez collé à la fenêtre à contempler les grands arbres qui entouraient la maison de leur écrin protecteur. Elle se demanda si un jour son cœur retrouvera son homogénéité. Elle avait l'impression d'être tellement morcelée qu'elle s'étonna de pouvoir bouger et sentir son corps dans l'effort du geste accompli. Mia et Évelyne tentèrent d'établir une routine autour d'elle, pour la ramener un peu dans la réalité. Mais la jeune fille ensevelie dans sa souffrance aurait pu tout aussi bien se trouver sur une autre planète. Le monde pour elle désormais portait le deuil de son amour perdu.

Quand elles revinrent trois mois plus tard, ce fut pour apprendre que les fiançailles de Laurent et Fabienne Dessanti, avaient été célébrées en grande pompe au Country club. Et le mariage qui avait suivi, fut l'un des plus grandioses que connut la région.

Lilly demanda à repartir aussitôt.

Elle avait conscience de prendre la fuite, mais elle n'avait pas d'autres choix. Vivre dans la même ville que Laurent lui était pénible et croiser les nouveaux mariés était au-dessus de ses forces. Elle embarqua une grande valise dans la voiture, empaqueta son nécessaire à dessin, et disparut.

******

Il lui a fallu du temps pour sortir du labyrinthe et voir le jour. Oublier les dernières paroles échangées avec Laurent pour ne se souvenir que des bons moments. Son image la poursuivit encore longtemps. Même quand elle se fut persuadée de l'avoir totalement oublié, le rire d'un homme qui ressemblait au sien ou une posture semblable à la sienne, suffisait à faire couler ses larmes. Les quelques tentatives de séduction des garçons qui croisaient sa route se soldèrent par un échec silencieux. Pour Lilly l'amour a toujours été intimement lié à Laurent et dans sa jeune vie, il avait pris toute la place. Son abandon avait créé un vide que plus personne ne pourrait ou ne saurait combler.

Persuadée de ne plus jamais être capable d'aimer, elle verrouilla son cœur à double tour.

Elle se lança de toutes ses forces dans la réalisation de son rêve, devenir styliste. Maîtriser toutes les techniques de son futur métier devint pour elle un défi de tous les jours. Elle étudia inlassablement. En dehors de l'école, elle prit l'initiative de se rendre à toutes les expositions sur la mode et son histoire. Elle s'informa aussi sur les métiers annexes, visita les ateliers des artisans des grandes maisons de couture. Certains, charmés par son insatiable curiosité partagèrent quelques secrets avec elle. Lilly dessina, étudia, s'enrichit par les sorties dans les galléries d'art, et dévora un nombre incalculable d'ouvrages sur l'histoire du costume. La mention très bien de son diplôme de première année la détermina à faire encore plus d'efforts. Elle voulait être la meilleure, pas pour les autres, mais pour elle-même. Elle affina ses créations en étudiant les époques importantes de la mode, participa à des voyages de formation, effectua des stages chez tous les couturiers qui acceptaient de lui accorder sa chance. Elle accepta les heures impossibles en atelier et travailla avec acharnement.

Pour les épreuves de la seconde année, elle dessina des croquis de toute beauté et réalisa un modèle de A à Z qu'elle étrenna elle-même sur le podium. La minutie du montage et l'audace des coupes lui valurent le premier prix et les félicitations du jury qui louèrent son sérieux et son savoir-faire.

C'est forte de tout ce savoir et de son succès qu'elle retourna chez elle. La jeune femme qui revint au foyer, n'avait plus grand-chose à voir avec celle qui en était partie presque morte de chagrin. Une force nouvelle transparaissait dans sa posture, sa gestuelle. Elle avait désormais le maintien d'une femme sûre d'elle. Résolue et solide d'avoir survécu à la dévastation de ses espoirs.

Par un accord tacite ses connaissances ne lui parlèrent pas de Laurent. Ses tantes craignirent que cette résilience qu'elles percevaient chez leur nièce ne soit le signe d'une dureté de cœur, la sécheresse d'un tempérament désabusé. La passion que la jeune femme exprimait dans son travail eut tôt fait de les rassurer. Malgré une certaine réserve, elles retrouvèrent leur Lilly.

Elle sut par hasard que Laurent et Fabienne ont eu un petit garçon. Il était donc papa et elle fut heureuse pour lui. Lilly n'avait pas une nature rancunière. Elle ne comprenait pas le revirement de son amour mais ne le haïssait pas. Elle se rappelait lui avoir dit qu'ils ne pourraient jamais être heureux l'un sans l'autre, et elle y croyait fermement. Elle ne pouvait concevoir qu'ils puissent manifester à une autre personne cet amour absolu qu'ils avaient éprouvé l'un pour l'autre. Cette magie entre eux avaient été unique et pour Lilly l'unique ne se rencontrait pas à tous les coins de rue.

Elle vaquait à ses occupations, toujours élégante et gracieuse. Elle se faisait très souvent aborder dans la rue, les femmes lui demandaient l'adresse de la boutique où elle achetait ses toilettes. En riant elle leur donnait la sienne en précisant que la créatrice c'était elle. Petit à petit, elle commença à recevoir des commandes. Ses amies et les connaissances de ses tantes furent d'abord ses premières clientes et tout doucement, la clientèle s'étoffait. Le bouche-à-oreille marchait bien. La meilleure publicité pour la jeune styliste, c'était les clientes qu'elle sublimait, qui la recommandaient à leurs amies, en étant rassurées sur le fait que Lilly concevait des pièces uniques. Elle habillait chacune suivant ses goûts personnels et sa morphologie. Donc elles ne risquaient pas de croiser une connaissance dans la même tenue.

Elle savait très bien que certaines clientes venaient la voir poussées par une curiosité malsaine. Quand on a été la petite amie du fils Belliviers, il fallait s'attendre à être un sujet de cancans et de curiosité. Cette vérité ne la déstabilisa pas, au contraire, cela renforça les efforts de Lilly pour devenir une jeune femme indépendante et une professionnelle aguerrie.

Elle leur opposa une distance des plus polies quand d'aventure certaines se laissaient aller à faire des allusions. Elle éludait les questions, en affichant une indifférence digne et un comportement d'une exquise courtoisie qui tuèrent dans l'œuf toutes les rumeurs malveillantes et lui valurent des alliés de choix.

Elle se consacra à son activité en louant un petit atelier qu'elle aménagea de manière à créer un bel espace de travail. Un endroit accueillant aussi pour sa clientèle. Elle fut heureuse le jour où son banquier lui apprit qu'elle engrangeait de l'épargne. Elle tenait enfin le bon bout et n'avait aucune intention de dévier du chemin qu'elle s'était tracée.

Pour fêter l'évènement, elle invita ses tantes au restaurant.

Mia et Évelyne ravies de voir leur nièce sortir de sa coquille, firent des frais de toilettes. Elles furent reçues comme des princesses dans le restaurant où elles avaient l'habitude d'aller fêter les heureux évènements de leur vie à trois.

— Ce soir c'est champagne, déclara le patron tout sourire, et c'est pour la maison, précisa-t-il en leur faisant un clin d'œil coquin.

Quand leur boisson fut servie, Évelyne regarda longuement sa nièce.

— Je suis contente que tu recommences à sortir.

— Je ne recommence pas à sortir, je suis avec vous, fit valoir Lilly en riant.

— On avait peur que tu ne mettes plus le nez dehors.

— Mais je sors, je vois mes fournisseurs, je fais mes courses.

— Bon, si tu appelles ça sortir, on veut bien.

— Tati, fit Lilly gentiment grondeuse, il ne faut pas trop m'en demander non plus.

— Tu as peur de rencontrer Laurent.

— On ne fréquente pas les mêmes lieux, il n'y a aucun risque.

— On se fait du souci, lui dit Évelyne.

— Cela fait plus de deux ans Tati. Je ne vous dirai pas que j'ai oublié Laurent alors que c'est un mensonge. Mais tous les jours, je fais un pas vers la guérison, mes blessures vont finir par cicatriser un jour.

— On te le souhaite.

Lilly but un peu de champagne pour cacher son désarroi. Ce cœur brisé qu'elle n'espérait même pas voir se recoller un jour, elle le traînait comme un joug encombrant. Tous les jours elle faisait bonne figure pour ne pas laisser deviner la profondeur de son mal-être. Elle ne souhaitait ni être plainte, ni être consolée. Elle regardait droit devant et travaillait à se faire un nom.

Sa réputation grandissant, ses créations se firent plus assurées, plus abouties. Les journaux spécialisés commençaient à parler d'elle. Elle fut invitée à quelques salons de la mode où elle connut un vif succès.

Quand elle eut assez d'argent pour investir dans un plus grand local, elle engagea quelques personnes pour lui prêter main-forte à la confection. Les commandes affluèrent, elle ne pouvait plus en venir à bout toute seule. Elle se monta un petit atelier bureau où elle travaillait seule à l'élaboration des modèles et recevait clientes, fournisseurs et divers partenaires.

Sa marque fut définitivement lancée avec la commande pour la fille du prince Conti et la conception de la toilette pour la femme du maire à l'occasion du bal du printemps. Elle dut démanger dans un quartier plus en adéquation avec sa clientèle et avoir un plus grand espace de travail. Elle prit aussi un plus grand local pour ses couturières et investit dans du matériel plus performant afin de leur faciliter le travail.

Au faîte du succès, elle croula sous les invitations. Elle refusa la plupart, malgré l'insistance de ses tantes et de ses amis. Elle préféra se consacrer à son travail. Déjà qu'elle n'était pas une grande mondaine, mais maintenant qu'elle avait son affaire à faire tourner, elle tenait à donner priorité absolue au travail. Elle n'aspirait pas à rencontrer du monde.

Elle apprit par la vox populi que Laurent avait quitté la ville avec femme et enfant pour s'établir à l'étranger. Plutôt que de la réjouir, cette nouvelle lui rendit la vie plus morne, plus désolante. Non qu'elle attendît grand-chose de sa présence, mais le savoir loin lui fit l'effet d'une seconde séparation. Ce n'est pas demain la veille qu'elle guérira de cet homme.

******

Et par une cruelle ironie, quelques mois après son départ, à l'occasion du printemps des poètes, elle fit la connaissance d'Emmanuel Erickson célèbre pianiste. Cette année il était l'invité d'honneur de la ville pour la grande manifestation.

En pleine conversation avec le maire, il l'observait avec une attention soutenue. Elle avait éveillé son intérêt dès son entrée dans la salle, avec sa démarche aérienne et son port de reine. Il la trouva tout simplement féerique. Quand elle souriait en parlant à quelques personnes, il souhaitait que ses sourires lui soient adressés exclusivement. Il ne la quittait pas des yeux, épiant le moindre de ses gestes.

Il se présenta à elle devant le bar en lui offrant une coupe de champagne.

— Bonsoir, Vous allez croire que je suis fou. J'ai appris que vous étiez la styliste Lilly Ramey, j'aimerais que vous fabriquiez une veste pour moi.

Lilly le dévisagea toute étonnée.

— Je ne sais pas coudre pour les hommes.

— Mais si, insista-t-il. J'ai envie d'une veste de vous.

Elle fronça les sourcils sentant qu'il y avait autre chose derrière cette innocente demande. La voix d'Emmanuel s'était faite douce et caressante, comme s'il voulait l'apprivoiser.

Elle promit d'y réfléchir en s'éloignant un peu perturbée. Depuis Laurent, c'est la première fois qu'elle était émue par un homme. Elle s'en voulut de ce petit frémissement qu'elle sentait dans son estomac. Elle avait l'impression de trahir quelque chose.

Pendant tout le cocktail il l'enveloppa de son sourire chaleureux. Il se montra charmant et amical avec elle, la couvant du regard. Mal à l'aise, Lilly se réfugia auprès de ses amis, entamant d'inutiles conversations.

Quand le diner fut annoncé, il vint se planter près d'elle sous prétexte de discuter de sa commande. Elle n'eut pas d'autre choix que de lui accorder de l'attention. Il fut un compagnon des plus agréables, la distrayant d'anecdotes de ses concerts et de ses voyages.

— Comment se fait-il que nous ne nous soyons rencontrés qu'aujourd'hui ?

— Je ne sors pas beaucoup. Le maire m'a piégée avec la remise de prix de cette année, et je n'ai pas pu refuser.

— J'ai de la chance, je ne manquerai pas de le remercier.

— Monsieur Erickson !

— Emmanuel, je vous prie, dit-il en se penchant vers elle.

— Je n'ai jamais habillé un homme, j'ai peur que le résultat soit décevant.

— J'en doute, répliqua-t-il avec assurance. Vous êtes très douée. J'ai offert une de vos robes à ma sœur, j'ai eu droit au titre de frère préféré, les autres étaient verts de jalousie.

— Vous jouez à ça, dans votre famille.

— Nous sommes trois frères avec une jeune sœur à gâter, c'est une compétition féroce. Et j'aime gagner.

Il rit longuement en la fixant d'un air songeur.

— Cette veste étant pour vous, vous n'allez gagner aucun point, je me trompe ?

— Non, c'est un cadeau que je veux m'offrir.

— Je vais y penser, finit-elle par céder.

Il lui prit la main pour la baiser.

— Quand pourrais-je passer dans vos ateliers pour les mesures ?

Lilly réfléchit en se frottant le poignet, là où la main d'Emmanuel l'avait caressée.

— Demain dans la matinée.

— Je serai libre en fin de journée. Je viens pour les mensurations et après je vous invite à diner.

Elle haussa les sourcils, Il l'observait en souriant.

— Oui, avoua-t-il, c'est bien ça, je cherche à vous soudoyer.

Lilly donna son accord dans un éclat de rire.

Elle passa un agréable moment en sa compagnie, et regagna son appartement légèrement grisée.

******

Elle attendit le lendemain dans une certaine impatience. Elle plaisait à cet homme et c'était réciproque, elle n'allait pas se cacher la tête dans le sable. Depuis Laurent c'est la première fois qu'elle regardait quelqu'un avec des yeux de femme.

Quand il entra dans l'atelier, Emmanuel envahit par sa seule présence le moindre souffle d'air de la pièce. Lilly s'efforça de le recevoir comme un simple client, lui offrant un café. Son bloc-notes en mains, elle commença par lui poser plein de questions, sur les tissus qu'il préférait, les coupes qu'il privilégiait.

Il lui prit la main, comme il l'avait fait la veille, en la regardant par en dessous.

— Lilly, j'ai confiance en votre talent, faites comme vous le sentez.

Elle lui demanda d'enlever sa veste. Elle l'observait durant l'opération, suivait chacun de ses mouvements, admirant la danse de ses muscles sous la chemise en coton.

Il avait une haute stature, les épaules carrées et pleines sans être massives, un ventre plat de nageur, des mains fines et longues. Une barbe de trois jours lui mangeait le bas du visage, ses cheveux noirs lustrés et un peu trop longs offraient un contraste saisissant avec ses yeux bleus lumineux.

Il se déplaçait avec retenue, comme habitée par une grande force intérieure.

— J'aimerais jouer du piano rien que pour vous, dit-il tout bas en confidence, comme une évidence.

Lilly ne se retourna pas. Elle ne pouvait permettre qu'il lise le trouble qu'il suscitait en elle. Elle prit son mètre ruban.

— Il faut vous asseoir Emmanuel, vous êtres très grand, j'ai besoin d'être précise dans mes mesures.

Il s'assit sur une chaise, elle se mit derrière lui pour prendre son tour de cou, il en profita pour lui frôler les mains d'une légère pression des doigts.

Elle se concentra sur sa tâche, mesurant ses épaules, sa carrure, la longueur de ses bras. Quand il se leva pour lui faire face, elle ne put s'empêcher de reculer. La chaleur de son corps vibrait entre eux.

Elle le contourna et déposa ses instruments pour se donner une contenance, mais il ne la laissa pas faire. Il se pencha vers elle lui embrassa le lobe de l'oreille, balaya son cou de légers baisers.

Son souffle sur sa peau lui fit l'effet d'une onde de chaleur qui accéléra le sang dans ses veines.

Elle gémit doucement en s'appuyant contre lui. Il l'entoura de ses bras pressant son corps contre elle.

— Emmanuel, souffla-t-elle.

— Vous me plaisez, chuchota-t-il contre sa peau, j'ai eu envie de vous embrasser dès que j'ai posé les yeux sur vous.

Elle lui fit face, le repoussa légèrement, il se laissa faire en s'éloignant d'elle.

— Si vous avez terminé on peut aller diner, après je jouerai pour vous.

— En quel honneur !

— Votre cœur a besoin d'entendre ma musique pour me comprendre, dit-il malicieusement en l'amenant vers la porte de l'atelier.

Elle prit un châle, son sac et ses clés pour le suivre dans la rue.

— On y va à pied, ou vous préférez que je prenne ma voiture ? Elle est tout près.

— Non à pied, je préfère.

Il lui tendit la main, elle y glissa la sienne qu'il tenait fermement en se dirigeant vers le centre-ville.

Ils dénichèrent un délicieux petit restaurant sur le port. L'ambiance y était bon enfant. Les serveurs couraient des plateaux chargés sur les bras, saluant les habitués en les appelant par leur prénom. Les clients se plaçaient eux-mêmes autour des tables libres. Les rires et les bruits des conversations s'accordaient parfaitement à l'atmosphère de fête de la ville.

Lily se réfugia derrière la carte pour échapper au regard d'Emmanuel. Ce dernier la fixa avec une telle intensité qu'elle sentit tous ses sens se réveiller d'un coup. Elle avait perdu depuis longtemps cette sensation d'être belle et désirable pour un homme. D'être spéciale et unique. D'un seul regard, Emmanuel arrivait à lui faire se sentir femme dans la plus petite de ses cellules et cela lui fit un grand bien.

— Je vais prendre une salade de homard, dit-elle au serveur.

— Et c'est tout ! demanda Emmanuel estomaqué.

— Je me réserve pour le dessert, avoua mystérieusement la jeune femme. Depuis quand parcourez-vous la planète ? ajouta-t-elle pour détourner la conversation.

Lilly lui adressa un petit sourire tremblant. Il fit courir ses longs doigts sur le dos de sa main en la regardant intensément.

— Je vis dans les valises depuis quinze ans, et tous les ans je me promets d'arrêter cette vie de dingue.

— C'est ce qui vous plaît non ?

— C'est excitant je l'avoue, d'être en contact de cultures et de gens différents, mais j'ai envie d'une pause.

Il dit ça d'une manière appuyée, elle sentit que cette pause impliquait sa présence.

Elle libéra sa main promptement, attrapa son verre, et resta silencieuse.

L'arrivée de leur serveur distrait pour un temps cette tension qui commençait à s'installer.

— Emmanuel vous savez…

— Tu, l'interrompit-il.

— Euh ! Quoi ! fit-elle un peu perdue.

— On se dit tu. Je t'ai laissé faire connaissance avec mon corps, alors on se tutoie.

Elle rougit un peu en hochant la tête.

— Emmanuel, je n'ai rien à offrir.

— Alors, qu'est ce que tu attends ?

— Je n'attends rien pour être heureuse de tout.

— Cela me convient Lilly. Je veux être heureux de tout avec toi.

— Chut ... fit-il, comme elle allait protester. Je te demande juste un peu de compagnie, je ne serai ni exigeant, ni envahissant. Promis, dit-il en se mettant la main sur le cœur.

Ils rient tous les deux et l'atmosphère s'allégea. Le diner se poursuivit dans une ambiance douce, presque intime.

Emmanuel faillit recracher son vin en voyant arriver le dessert de Lilly.

Une énorme coupe de glace accompagnée d'une assiette de petits gâteaux aux différents parfums et une coupelle débordant de Chantilly.

— Je comprends pourquoi tu t'es montrée si raisonnable dans le choix de ton plat. Seigneur ! s'exclama-t-il, tu vas avaler tout ça ?

— Évidemment ! Ça passe tout seul.

Il lui lança un regard amusé et se concentra sur son propre dessert qui faisait triste figure à côté.

Au moment du café Lilly s'étira voluptueusement

— Je suis repue, déclara-t-elle et de rougir devant le petit sourire équivoque d'Emmanuel.

Ils rentrèrent d'un pas tranquille par les petites rues, profitant de la douceur du soir. Devant sa porte, ils se regardèrent hésitants. Emmanuel se rapprocha d'elle presque à la toucher.

— J'aimerais rester, dit-il doucement.

Lilly ouvrit la porte et se retourna pour lui tendre la main.

Dans la chambre ils se montrèrent d'abord maladroits, pour finir par se jeter l'un sur l'autre. Ils se livrèrent à une lutte sensuelle. Affamés l'un de l'autre, leurs bouches se trouvèrent se relâchèrent et se reprirent avec frénésie. Lilly enleva son pull et s'attaqua à la chemise d'Emmanuel en se frottant contre lui, impatiente de le toucher.

Elle embrassa chaque carré de peau qu'elle dénuda, mordilla tout ce qui s'offrait à elle insatiable.

Emmanuel subissait cet assaut en gémissant doucement, les narines emplies du parfum de la jeune femme. Il lui attrapa la nuque pour la ramener vers lui. Elle se haussa sur la pointe des pieds pour être à sa hauteur et souder son corps au sien.

Il batailla un moment avec l'attache de son soutien-gorge, poussa un grognement de victoire quand il lui libéra les seins. Il les prit en coupe dans ses mains, titilla les pointes érigées avec ses pouces avant de les goûter avec avidité.

Lilly colla son bassin contre lui et dégageant la tête en arrière pour lui faciliter l'accès à sa poitrine. Emmanuel s'en repaissait comme un assoiffé trouvant une source. Il la bascula sur le lit, défit la fermeture éclair de sa jupe qu'il jetât par-dessus son épaule. Il prit un moment pour la couvrir des yeux.

— Tu es encore plus belle que je ne l'imaginais.

Il parcourut son visage de petits baisers plein de ferveur, descendant vers son cou dont il suçota doucement la peau. Lilly souleva le bassin contre lui impatiente de le sentir. Elle défit la ceinture de son pantalon les doigts tremblants, libéra ses cuisses du carcan de tissus, et le toucha avec délectation.

Il enleva le reste de ses vêtements puis la dépouilla du fragile rempart de dentelle qui couvrait son intimité. Il lui embrassa le nombril traçant des sillons tout autour avec sa langue. Lilly poussa un cri de ravissement en le tirant vers elle, il lui prit les lèvres et ils firent l'amour jusqu'à la pointe du jour.

Elle se réveilla seule dans le lit, le corps alangui de trop de caresses, les lèvres gonflées, les cheveux en bataille. Elle alla dans la salle de bains et rit de contentement devant son air de folle. Elle mit son peignoir, se brossa rapidement les cheveux et se mouilla le visage d'eau fraîche. Elle allait descendre quand elle entendit des pas dans l'escalier.

Emmanuel se présenta dans la chambre avec un plateau, un grand sourire éclairait son visage.

— J'ai fait un peu de dégâts dans ta cuisine, j'en ai bien peur. Bonjour dit-il en se penchant pour l'embrasser sur les lèvres.

Elle poussa un profond soupir d'aise en s'étirant.

— J'adore le petit-déjeuner au lit.

Emmanuel lui servit un jus d'orange fraîchement pressé et la regarda s'en régaler. Il laissa courir sa main sur la jambe de Lilly.

— Tu as des obligations aujourd'hui ?

— À part toi tu veux dire ?

— Oui, soupira-t-il, à part moi.

Ses mains se glissèrent sous le peignoir, il caressa le dos de Lilly qui sentit des picotements courir le long de sa colonne vertébrale. Et une sensation de chaleur l'envahit progressivement.

La bouche d'Emmanuel étouffa les plaintes qui s'échappaient de ses lèvres, il lui prit le verre de jus d'orange des mains pour le déposer sur la table de chevet.

Ils échangèrent un long baiser parfumé d'agrumes. Elle fut secouée de sanglots de plaisir quand il investit son corps. Il lui imposa un rythme lent, observant sur son visage la montée de la jouissance. Il la fit râler sous ses coups de reins. Le poing de Lily cramponnait furieusement le drap, elle émit des cris moitié suppliants moitié triomphants.

Il la serra dans ses bras, caressant son dos en sueur. Lilly s'abandonna contre lui pantelante.

— Est-ce qu'on peut rester ensemble pendant mon séjour ? lui demanda Emmanuel les yeux au plafond.

— Bien sûr, répondit Lilly, tu me dois un concert privé.

— Habille-toi vite, lui dit-il, je n'aime pas laisser traîner des dettes impayées.

Riant comme des gosses, ils se précipitèrent sous la douche, en chahutant et s'éclaboussant.

Quand ils arrivèrent au théâtre ils trouvèrent les lieux déserts, ils se faufilèrent dans l'amphithéâtre comme des voleurs. Emmanuel ouvra le piano, s'installa avec un air solennel en lui demandant si elle avait une préférence. Elle lui demanda de jouer Satie. Il s'exécuta de bonne grâce, il jouait d'une manière très fluide. Concentré sur elle.

Satie fit place à un concerto pour piano de Mozart.

Elle le regarda jouer. Il caressait les touches du piano comme un amoureux rendant hommage à sa belle. Elle ne put s'empêcher de frissonner en observant ses doigts papillonner sur les touches. Tantôt les effleurant, tantôt les heurtant, il faisait littéralement l'amour au clavier.

Elle eut du mal à retrouver son souffle quand les dernières notes moururent dans le silence. Elle avait la peau hérissée comme s'il avait joué de son corps de comme d'un instrument. Il vint vers elle, but son trouble dans un baiser hésitant qui la fit tressaillir davantage. Elle se déroba à son regard.

— Qu'est ce qu'il y a Lilly ?

— Je suis bouleversée, tu joues merveilleusement bien.

Emmanuel sentit qu'il y avait autre chose, il laissa tomber ne voulant pas se montrer intrusif. Il la prit par la taille et ils quittèrent le théâtre pour aller s'attabler dans un petit café pas loin, qui baignait dans l'ambiance électrique du festival de poésie.

— Comment s'appelle-t-il ? demanda Emmanuel en lui pressant les doigts.

— Laurent. Il est parti, ajouta-t-elle doucement.

— Ça fait longtemps ?

— Presque trois ans. J'ai toujours autant mal.

— Je crois que je suis amoureux Lilly, dit Emmanuel en la regardant. Il souriait.

— Je ne supporte plus que l'on m'aime. Je ne peux rien te promettre Emmanuel, rien te donner. Je te l'ai dit la nuit dernière.

— Tu m'as déjà donné beaucoup. Il lui embrassa le bout de doigts, en ajoutant. Je suis un homme comblé.

Elle se leva brusquement, le fixa en réfléchissant pour finir par lui tendre la main.

— Rentrons, fit-elle d'un ton résolu.

Il la suivit en silence.

******

Ils mirent à profit le temps du séjour d'Emmanuel pour faire plus ample connaissance. Et un soir qu'ils étaient en train de faire l'amour, Lilly s'immobilisa, interrompit leurs ébats pour demander sur un ton de prière.

— Fais-moi un enfant.

Emmanuel se figea complètement. Il la repoussa doucement, saisit ses mains dans les siennes, essayant de décrypter ses traits.

— Tu veux vraiment ! lui demanda-t-il d'un ton pressant.

Elle se contenta de hocher la tête sûre d'elle, de son choix.

Il la renversa sur le lit et lui fit religieusement l'amour, dépassant de loin en douceur, tendresse et ferveur, tout ce qu'ils avaient pu connaître avant dans les bras l'un de l'autre.

Le soir avant son grand concert, il invita Lilly à boire un verre dans les coulisses.

— Tu me tiendras au courant si d'aventure, tu tombes enceinte.

— Oui, mais saches que je n'attends rien de toi. Il n'y aura pas d'obligations.

— Non Lilly ! protesta-t-il avec véhémence. Je veux être un père pour cet enfant. On ne sera pas un couple, je l'accepte, mais je veux jouer un rôle dans la vie de cet enfant. Je ne pourrai pas participer à son éducation au quotidien, mais je serai là pour le reste. S'il te plaît, fais-moi ce cadeau.

— Je suis d'accord, répondit-elle gravement en l'embrassant. Je te tiendrai au courant de tout, je te consulterai pour toute décision. Je t'en fais la promesse.

— Je pourrai aussi t'aider, n'hésite pas. Si tu as besoin, tout ce que je possède sera à ta disposition.

— C'est gentil Emmanuel, mais je n'ai besoin de rien. Si tout marche comme prévu, toi aussi tu m'auras fait le cadeau le plus important qui soit.

— Pourquoi, veux-tu ce bébé ? demanda-t-elle après un moment de réflexion.

— À part ma famille, je n'appartiens à personne. J'ai besoin d'autres racines. Fais-moi ces racines Lilly.

Chapitre IX

À la fin du festival, Emmanuel reprit son errance avec la promesse de revenir pour la naissance de leur bébé.

Lilly vécut cette période d'attente dans une fébrilité confinant à la psychose. Elle appela son médecin tous les jours. Resta des heures à côté du téléphone dans l'espoir qu'on lui annonce enfin la nouvelle tant espérée. Si elle était obligée de sortir pour un impératif professionnel, elle demandait à l'une de ses tantes de venir chez elle, de peur de rater l'appel du médecin.

La nouvelle tomba un soir où elle dînait avec Mia et Évelyne. Le téléphone sonna et cet appel changea radicalement la vie de la jeune femme de manière irréversible. Elle dansa de joie, pleura dans les bras de Mia. Elle les fit rire en se tenant debout devant le miroir en observant son ventre. Elle le fit gonfler pour voir l'effet que cela faisait d'être enceinte.

Toute excitée elle écrivit à Emmanuel pour lui annoncer la bonne nouvelle.

Cher Emmanuel,

Je viens de l'apprendre, nous allons être parents.

Tout va bien pour moi, je suis sur un nuage.

Je ne cesse de toucher mon ventre,

j'aimerais le crier au monde entier, mais le médecin

me conseille d'attendre.

Je vais faire très attention à moi pour mettre au monde

le plus beau bébé qui soit.

Merci de m'avoir donné une raison de vivre.

Tu l'as compris, nous ne serons pas un couple,

mais le lien entre nous, est de ceux qui sont impossibles à défaire.

Je te souhaite du succès pour ta tournée.

Je t'enverrai les échographies afin que tu puisses suivre

l'évolution de notre bébé.

Je t'embrasse fort

Ta Lilly.

Lilly se transforma en une jeune femme sereine, épanouie, son regard s'éclaircit. Elle rayonnait comme si elle était tombée amoureuse. Le printemps élut domicile dans sa vie pour ne plus jamais repartir.

Il y eut des regards étonnés devant ce ventre qui s'arrondissait. Lilly était si heureuse que son bonheur se communiquait à toute personne croisant son chemin. Elle travailla, en restant attentive à ne pas trop se fatiguer. Elle dessina un trousseau digne d'une princesse. Tout était source de joie. Préparer une chambre pour le bébé, coudre des rideaux, lui chiner un berceau, le faire restaurer. Elle dévalisa les magasins comme une adolescente, riant de tout.

Entre les tantes, ce fut une bataille rangée de cadeaux. C'était à qui fera le plus beau présent pour constituer le trousseau du bébé. Lily s'extasia devant les petits bonnets, la fine layette, les minuscules chaussettes la firent carrément fondre, elle en pleura de bonheur.

Elle se confectionna des ensembles de grossesse aux couleurs captivantes alliant douceur et chaleur. Les vêtements mettaient en valeur son teint radieux et sa silhouette qui s'arrondissait. Elle s'exhibait devant la glace dans sa salle de bains, en admirant la rondeur généreuse de ses seins. Caressant la courbe rebondie de son ventre.

Elle recevait au moins un courrier par semaine dans lequel Emmanuel lui décrivait les pays qu'il traversait, les salles dans lesquelles il donnait des concerts.

Quand ils apprirent qu'ils allaient avoir une fille, Emmanuel lui fit livrer des fleurs par camions entiers. Ils décidèrent de prénommer l'enfant Sophia en souvenir de la mère d'Emmanuel.

******

Le futur papa annula quelques concerts pour revenir vers Lilly deux mois avant le terme. Il l'entoura d'attentions qui les firent rire tous les deux. On le voyait partout avec elle, ombre protectrice veillant au bien-être de la mère et de l'enfant. Dès qu'ils étaient seuls, il lui caressait le ventre, en chantant pour le bébé.

Ils prenaient le petit-déjeuner quand Lilly ressentit les premières douleurs.

— Emmanuel, rit-elle dans un hoquet de souffrance, elle arrive.

— Tu es sûre !

Un grand sourire apparut sur ses lèvres. Il n'eut pas besoin qu'elle réponde, son visage se contractait douloureusement.

— Ne bouge pas, cria-t-il en se précipitant au salon où attendait la valise de Lilly.

Il prit un gilet, lui drapa les épaules, saisissant les clés sur la console. Il la fit rentrer dans la voiture avec mille précautions. En chemin il avertit les tantes pour qu'elles les rejoignent à l'hôpital.

Présent pendant la durée du travail, Emmanuel vécut la plus grande émotion de sa vie. Quand on lui mit ce petit bout d'être entre les bras, il sut que son cœur était enchaîné à tout jamais.

Ils pleurèrent de reconnaissance l'un envers l'autre.

— Comment s'appelle cette petite demoiselle ? s'enquit l'infirmière.

— Sophia, Sophia Erickson, répondit Emmanuel rayonnant.

— Sissi, murmura Lilly en dévorant sa fille des yeux.

Et à partir de cette divine minute, ce bébé devint le centre de leur univers, le soleil autour duquel graviteraient désormais leurs deux planètes.

******

Le soleil perçait la couche de nuages, nuançant l'horizon d'un rouge orange dispersant les brumes du matin. Laurent se réveilla les épaules ankylosées, un peu douloureuses d'être resté immobile au-dessus de la paillasse dans son laboratoire.

Il n'était pas content du résultat de son absolu de rose, La composition de ce parfum se révéla plus ardue qu'il ne l'avait escompté.

— Et si c'était moi, pensait-il avec frayeur. Je ne sais peut-être plus faire.

Son ventre se contractait douloureusement. Et s'il avait perdu ses capacités de créateur ? Si son nez l'avait lâché ? Il n'osa pas réfléchir aux conséquences d'une telle catastrophe. Je suis tout simplement fatigué, se dit-il.

Il décida de rentrer chez lui. Cette nuit n'avait pas été fructueuse. Il va lui falloir trouver une nouvelle formule, et pour cela il avait besoin de se nettoyer la tête et rafraîchir son nez saturé de toutes ces émanations. Il mit tout son attirail sous clés, défroissa ses habits chiffonnés. Un peu raide après une nuit sans sommeil, il prit le chemin de la maison.

— Non ! dit-il à Maria qui le regardait effarée. Ne dis rien, je ne suis pas frais, je sais. Je vais prendre une douche, et tu me ressusciteras avec un bon petit-déjeuner.

— Tu ressembles à un clochard, dit-elle quand même en lui assénant un coup de torchon dans le dos.

Laurent grimpa quatre à quatre les escaliers menant à sa chambre, il prit une bonne douche.

Régénéré, il s'habilla, mit ses vêtements sales dans le panier à linge et s'en fut dans la chambre de Paul.

L'enfant dormait en travers du lit les couvertures repoussées, son doudou serré dans ses bras. Laurent lui fit un bisou en lui ébouriffant les cheveux. Il descendit retrouver Maria dans la cuisine.

— Je mange ici, avertit Laurent. Après, je dois filer au bureau, j'ai une journée de fou.

— Tu peux ralentir quelques jours.

— Je ne crois pas non, je sens que je suis proche du résultat espéré, et je dois t'épater aussi, dit-il en la taquinant.

— Je n'ai pas besoin que tu crées le parfum du siècle pour être épatée. J'ai besoin de te savoir heureux, de voir briller ces yeux magnifiques, répondit-elle en lui prenant le visage entre les mains.

— Maria ! Maria ! murmura Laurent se blottissant contre elle, tu sens bon le pain chaud et l'amour.

— Tu as toujours eu la langue trop bien pendue, dit-elle en se dégageant de ses bras.

Elle déposa devant lui une grande tasse de café fumant, une assiette d'œufs sur le plat et des toasts. Laurent mangea avec appétit découvrant qu'il avait une faim de loup après cette nuit blanche. Il réclama une deuxième tasse de café, et griffonna quelques notes sur un bloc qui traînait sur la table.

— Que fais-tu ? voulut savoir Maria devant les figures incompréhensibles qu'il inscrivait à toute vitesse.

— Je combine une autre composition chimique, répondit Laurent sans lever les yeux.

Elle s'en fut vaquer à ses occupations, le laissant concentré sur le bloc qu'il remplissait de notes diverses de sa fine écriture. Il sentit du mouvement à ses côtés et baissa les yeux sur son fils avec son doudou coincé sous le bras, qui frottait ses yeux lourds de sommeil.

— Bonjour mon bonhomme. Il prit le petit garçon contre lui, se nicha dans sa chaleur.

— Je te croyais encore au lit, il est tôt.

Paul passa ses petits bras autour du cou de son père.

— Tu m'emmènes à l'école ? lui demanda-t-il d'une petite voix.

— Non, ce matin c'est mamie qui t'emmène. Je passerai te prendre dans l'après-midi, se hâtât-il d'ajouter devant la mine déçue de l'enfant.

— C'est vrai ! s'exclama son bébé le visage illuminé par un grand sourire.

— C'est vrai, affirma le père tout aussi rayonnant que le fils. Après l'école, on ira manger une glace entre hommes.

C'était leur formule préférée. Quand Laurent promettait des activités entre hommes, il concentrait toute son attention sur son fils et ils passaient des moments inoubliables qui cimentaient plus fortement leur relation. Cette habitude, Laurent l'avait instaurée dès que son fils a su marcher.

Tout content, le petit garçon l'abandonna pour partir à la recherche de sa grand-mère.

— Maria ! Je me sauve à ce soir.

— Tu dînes avec nous ce soir ? l'interpella la voix de Maria depuis l'extérieur de la maison.

— Oui je pense, répondit distraitement Laurent en pliant les feuilles arrachées du carnet.

Durant le trajet, sa tête bouillonnait de formules chimiques et d'association d'essences. En arrivant au bureau, il laissa un petit mot au secrétariat de Carole pour lui suggérer de passer le voir. Il signait des piles de documents quand cette dernière frappa à sa porte, il lui fit signe d'entrer tout en terminant sa tâche.

Il se leva, ôta sa veste, fit une bise à sa sœur.

— Tu es superbe, lui dit-il, si j'étais Éric je ne te lâcherai pas d'une semelle.

— Je t'en prie, répondit Carole morte de rire, Il me couve déjà assez, comme ça, s'il t'entendait il serait capable de me coller un garde du corps aux basques.

Son frère éclata de rire à son tour avant d'ajouter

— Pour plus de sûreté, il te faudrait un garde homosexuel et moche comme il n'est pas permis.

— Vous les mecs, qu'est ce que vous pouvez être stupides.

— Un homme doit défendre son territoire.

— Espèce de macho, rit sa sœur lui donnant une tape sur le bras. Avec mes quatre gamins qui me suivent partout, je ne suis pas sûre de présenter un attrait irrésistible pour des séducteurs. Pourquoi cette convocation ?

— J'aimerais te faire sentir mes dernières compositions, il manque un truc, je n'arrive pas à mettre le doigt dessus, j'ai besoin d'un nez vierge. Veux-tu m'aider ?

— Allons-y, répondit simplement Carole, en prenant place sur un canapé.

Laurent prit des flacons dans le laboratoire attenant à son bureau. Il aligna les fioles sur une petite table dans sa pièce de travail, sortit les languettes de carton, les humecta et il les déposa en éventail sur une coupelle en porcelaine blanche.

S'armant d'une grande feuille et d'un crayon, il fit signe à Carole de commencer.

Elle huma la première languette.

— Trop doux.

Laurent nota son appréciation à côté de la formule.

— Acide, notes hespéridées trop présentes.

— Fleuri, boisé, assez agréable, mais manque de caractère.

Elle donna son avis sur chacune des compositions, à la fin du test, ils mirent de côté les fioles rejetées par Carole pour se concentrer sur les élues.

— Je pense qu'il te faut des notes de fond plus corsées, lui dit sa sœur. Pourquoi ne pas tenter un mélange fève tonka et vanille, sur un absolu de rose.

Laurent écrit rapidement les idées suggérées, y ajouta les siennes en se frottant pensivement le front.

— Je veux un parfum qui reste longtemps dans le nez et sur la peau tout en étant subtil, une signature olfactive unique, voila ce vers quoi je tends.

— Tu y arriveras, assura Carole en lui faisant une bise. Tu retrouveras tes automatismes de parfumeur au fur et à mesure.

— Tu crois ? demanda Laurent un peu inquiet. J'ai l'impression de tourner en rond. J'ai la composition parfaite dans la tête et dans le nez, mais je n'arrive pas à la transcrire en jus concret.

— Tu dois être patient avec toi, tu n'as pas touché à tes pipettes et à tes fleurs depuis une éternité.

— Oui, tu dois avoir raison, je m'angoisse et ça me bloque. J'irai faire un tour dans la serre après déjeuner, la compagnie des fleurs m'aidera à me détendre.

— On te voit à la réunion des créatifs ?

— Non, je vais chercher Paul à l'école, et je l'emmène manger une glace. Il va finir par oublier à quoi ressemble son père, si je continue à rentrer aussi tard le soir.

— C'est une très bonne idée. Bon, je te laisse, j'ai du travail qui m'attend.

Laurent fit un geste de la main pour dire au revoir à sa sœur et se replongea aussitôt dans ses papiers.

Il savait qu'il pouvait sortir un produit inédit, il en avait l'habitude. Enfin du temps où il était plus parfumeur qu'homme d'affaires.

Ce fut vital à une période de donner un second souffle à la vieille maison, la ramener dans son siècle, compter dans le monde de la parfumerie moderne. Il avait fait une entrée fracassante dans ce marché assurant à son nom une première place toujours convoitée par d'autres.

Maintenant l'heure était venue de prouver qu'il n'avait rien perdu de son génie créateur.

Il savait que ses concurrents n'attendaient qu'une erreur pour lui prendre des parts de marché. Mais ce n'était pourtant pas sa préoccupation première. Il voulait se prouver que son âme n'avait pas été étiolée par les chiffres arides, les actions en bourses et les interminables déplacements qui l'avaient usé jusqu'à la corde.

Il avait retrouvé sa famille, ses amis, son laboratoire. Il ne lui restait maintenant qu'à réveiller cette part de son cœur qui se noyait dans les regrets, la déception et le chagrin.

Retrouver l'amour de Lilly serait le remède parfait pour le mal qui le rongeait. Il le savait aussi sûrement que les saisons se suivaient dans un rythme immuable, mais pour le moment il va falloir faire sans.

Un nouveau parfum, un nouveau défi, c'est tout ce dont il avait besoin pour retrouver l'envie de se battre. Ce produit, il allait le défendre avec acharnement, faisant savoir à tout le monde qu'il était vraiment de retour et entendait reprendre sa place de leader. Il avait déjà en tête les grandes lignes du lancement, l'organisation des conférences de presse, les dîners de présentation, il voulait être sur tous les fronts, omniprésent.

Certains allaient grincer des dents quand il allait leur demander d'accélérer la cadence de travail, comme il sera toujours sur le pont, il saura les stimuler, il savait s'y prendre.

Après il faudrait s'octroyer quelques jours seul avec Paul pour faire des activités de mecs. Comme la pêche, suivie d'une grillade des poissons sur la plage, des balades à bicyclette, tous ces menus plaisirs qu'ils avaient pris l'habitude de partager quand la somme de travail de Laurent lui en laissait le loisir.

À l'évocation de son enfant Laurent se sentit sourire. Il était étonné que sa vie soit si définie par son fils. Dans les bouleversements qu'il avait traversés, cet enfant avait été l'ancre de stabilité qui le maintenait debout.

Le pouvoir de l'amour qui le portait l'avait toujours fasciné et effrayé. En devenant papa, il avait l'impression de vivre constamment avec un pistolet sur la tempe. Et il n'aurait échangé sa place avec personne.

Entièrement tourné vers son travail, il prit une pause déjeuner, juste parce qu'il fallait se nourrir. Il aurait été incapable de dire ce qu'il avait dans son assiette. De retour à son bureau, il appela sa secrétaire pour programmer les réunions de sa semaine, et alla faire un tour dans la serre comme il l'avait promis à Carole.

******

Les fleurs avaient systématiquement un effet apaisant sur lui, il se plaisait en leur compagnie. Il se rappela les inquiétudes de son père devant son attachement aux plantes et diverses fleurs. Pierre craignait qu'on prenne son fils pour un dénaturé.

Ce mot avait toujours le don d'amuser Laurent, son paternel était tellement vieux jeu.

Comme le jeune garçon qu'il était à l'époque ne ratait jamais un entraînement de foot ou un match de tennis, et aimait les bagarres avec ses copains, Pierre avait fini par comprendre que sa fascination pour les fleurs cachait un grand désir de découverte, et un besoin de transformer les matières, en un mot, de créer.

Il fut heureux quand Laurent lui demanda de passer les étés à se former au métier de parfumeur. Ce dernier voulait toucher, mélanger, mesurer.

Il se révéla être un apprenti doté d'une insatiable curiosité, un esprit de recherche dévorant. Quand les autres faisaient du bateau, allaient pique-niquer sur la plage, lui restait enfermé au labo avec les techniciens à essayer des mélanges à inventer des fragrances. Il fit des recherches en aromathérapie et phytothérapie, pour donner à ses créations une signature qui allait devenir la marque de fabrique des parfums Belliviers.

Laurent déambula longtemps dans la serre, sentant, et parlant à ses fleurs, contemplant ses hybridations, les effleurant de la main pour qu'elles lui livrent le secret contenu dans leur cœur végétal.

Il en ressortit régénéré comme à chaque fois, les narines prises d'assaut par le mélange des parfums exhalées par les plantes.

Il passa en vitesse dans son bureau pour récupérer sa veste et dire au revoir, et prit le chemin de l'école.

Arrivé devant, après une hésitation, il décida d'y entrer. Il resta immobile face à la rangée interminable et colorée de patères pour enfants, un sourire nostalgique passa sur ses lèvres.

— Mm ! fit une voix dans son dos, puis-je vous aider ?

Il se retourna brusquement. Cette voix le replongea brutalement dans les souvenirs les plus turbulents de son passé.

— Camille ! s'exclama-t-il, en soulevant dans ses bras la jeune femme qui se tenait à l'instant devant lui. Que fais-tu en ces lieux de savoir ?

— Je préside aux destinées de ta descendance, répondit Camille en lui plaquant deux bises sonores sur les joues.

— Ne me dis pas que tu…

— Tout à fait ! l'interrompit-elle, je suis rentrée dans le droit chemin. Tu as devant toi la directrice de l'école maternelle.

— Je n'ai pas reconnu ton nom de famille sur les documents !

— Mariée et mère de deux enfants, fit valoir la jeune femme en tendant sa main gauche où brillaient un solitaire et une alliance.

— Mon Dieu ! Qui l'eut cru. La rockeuse, la rebelle, mère de famille. Les miracles existent.

— Ce miracle s'appelle Hervé, un sourire irrésistible et un corps de rêve.

Ils explosèrent de rire tous les deux.

— Je me demandais quand est ce que j'allais avoir la joie de te voir. Tu ne sors pas beaucoup ?

— Je mène la vie d'un père célibataire croisée avec celle d'un bourreau de travail. Je n'ai pas beaucoup de temps pour les loisirs.

— Pas de fiancée en vue.

Le visage de Laurent se ferma instantanément.

— Oh pardon Laurent ! Je suis une idiote.

— Non, sourit ce dernier, ne t'excuse pas, voyons ! Ce n'est la faute de personne.

— Ton Paul s'adapte bien, lui dit Camille pour changer de sujet. C'est un enfant facile, il s'est déjà fait des potes.

— Tant mieux, j'avais peur qu'il ait des soucis d'adaptation. Il a tellement été trimballé à droite et à gauche.

— Je suis sûre que tous ces voyages vont contribuer à faire de lui un enfant ouvert sur le monde.

— Que le ciel t'entende, répliqua Laurent en souriant, avant de devenir tout pâle en regardant par-dessus l'épaule de Camille.

— Oh ! articula cette dernière tout doucement en suivant son regard.

Lilly avançait vers eux tentant de maîtriser une Sissi frétillante.

— Bonjour, fit la petite fille dans un large sourire, tu es le monsieur du bal.

— Oui, répliqua faiblement Laurent les yeux rivés sur Lilly. Tu vas bien !

— Oui merci, répondit la fillette en sautillant. On va manger des crêpes au chocolat, tu viens maman !

Elle prit sa mère par la main, en criant :

— Au revoir Monsieur ! Au revoir Madame Camille !

Le rire de la fillette hanta le couloir longtemps après son départ, laissant un trou béant dans le cœur de Laurent.

Ça aurait dû être sa famille. Cela aurait dû être son rôle de veiller sur elles deux.

L'arrivée de Paul, comme un boulet de canon le sortit de sa rêverie. Il eut juste le temps d'ouvrir les bras pour réceptionner le petit garçon aux anges.

Laurent cala son fils contre son épaule, fit un petit geste envers Camille qui l'observait les sourcils froncés.

— À bientôt Camille, bises à ta famille.

— Je n'y manquerai pas, répondit-elle à voix basse en les regardant disparaître.

Ce n'est pas gagné pour ces deux-là, pensa-t-elle tristement. Ils formaient un si beau couple, toute la ville attendait l'annonce du mariage. Certains savaient pour la bague de fiançailles qu'il avait fait fabriquer, pour la jeune fille. Un solitaire surmonté de trois roses finement ciselées, incrustées de trois diamants.

Les noces avec une autre avaient fait l'effet d'une bombe. Et les mauvaises langues, de raconter que l'argent épousait toujours l'argent.

— Papa, papa ! insista Paul, tirant sur le bras de son père qui le sortait de la voiture.

— Oui mon chéri, répondit Laurent distraitement. Il était perdu dans ses pensées.

— Je peux prendre plusieurs parfums dans ma glace.

— Pas trop quand même, si tu ne manges pas ce soir, on va se faire disputer.

Il entra chez le glacier, fit asseoir son fils et l'aida à composer sa commande.

— Pour le jeune homme ce sera, un chocolat, vanille et fraise et pour moi chocolat pistache.

Il décida de mettre de côté ses tourments pour se consacrer à ce moment privilégié avec son enfant.

— Ça va à l'école ? Ta directrice m'a dit que tu t'adaptais bien !

— Oui ça va, répondit Paul avec ce petit air sérieux qui inquiétait très souvent son père. On a joué au foot, et mon copain Matéo, m'a donné des billes parce que je suis nouveau. On pourra l'inviter à la maison, dis papa !

— Bien sûr chéri, je demanderai le téléphone des parents à Camille.

— Merci. J'aime bien Matéo il raconte beaucoup d'histoires, son papa est pompier. Tu connais ma directrice ? dit l'enfant en passant du coq à l'âne.

— Oui, quand on était petits comme toi et ton copain, on allait à l'école ensemble.

— Dans mon école ! fit l'enfant dubitatif.

— Mais oui ! affirma son père, c'était mon école avant d'être la tienne.

Paul rigola plus qu'incrédule. Il était incapable d'imaginer son père en petit garçon.

Il mangeait sa glace en s'en mettant partout sur la figure. Laurent mouilla son mouchoir avec un peu d'eau et entreprit de débarbouiller le visage du garçonnet.

— Maman t'a appelé ?

— Oui, elle est à moncarlo chez des amis.

Laurent plissa les yeux, il réfléchissait au drôle de nom, avant de comprendre en riant doucement.

— Ah ! Elle est à Monte-Carlo.

— Elle va venir me voir ? Je pourrai lui montrer ma chambre et mes billes ? s'excita l'enfant.

— Non, je ne crois pas, dit son père, elle ne m'a pas prévenu. Je pense qu'elle va rentrer chez elle à Paris.

— D'accord, répondit l'enfant dans une moue boudeuse.

— Tu verras ta mère pour les vacances mon chéri.

Paul opina silencieusement en tirant sur la manche de son père.

— On rentre, je veux jouer avec Mamie.

Le retour s'effectua en silence. Paul jouait à l'arrière avec des cartes représentant des personnages d'un dessin animé, et Laurent ressassant de sombres pensées, conduisait machinalement. Il arriva chez lui sans vraiment savoir comment il s'y était pris. Il se dépêcha de libérer un Paul impatient qui rentra en courant dans la maison.

En souriant son père ramassa le cartable et les cartes sur la banquette arrière et suivit le même chemin.

— Bonsoir Maria, dit-il en s'arrêtant près de la cuisine, je suis fatigué, je monte.

Et il fila sans attendre la réponse.

L'image de Lilly avec Sissi dans les bras lui brûlait encore les yeux, il se sentit gagner par l'amertume et la colère. Il se jeta sur son lit, fixa le plafond essayant de refouler les larmes amères qui lui brouillaient la vision.

Il redescendit très tard, et alla dans la cuisine pour se faire du café. Voyant de la lumière filtrer sous la porte du salon, il y entra et trouva sa mère seule dans un fauteuil un livre à la main, mais elle ne lisait pas.

— Bonsoir Maman.

Laurent s'assit en face d'elle sur une causeuse.

— J'ai couché Paul, murmura Geneviève. Qu'y a-t-il mon chéri ? reprit-elle en l'observant attentivement.

— Je crève sans elle. Ce manque me tue lentement mais sûrement.

Un silence s'installa entre eux, rempli de questions non exprimées.

— Je ne pense pas que je serai revenu, si j'avais su que ce serait aussi douloureux.

— Mais tu es là. Il faut faire quelque chose.

— Je ne sais pas, je suis perdu. Je l'ai vue aujourd'hui, ajouta Laurent après un moment. Elle n'a rien dit.

— Chéri, il faut la comprendre, elle a tellement lutté pour apprendre à vivre sans toi. Maintenant tu reviens, elle doit se sentir en danger, alors elle se défend, c'est un peu normal.

— Je ne veux pas lui faire de mal.

— Mais, tu lui en as fait.

— Comme si je ne le savais pas ! Laurent se leva d'un bond et se mit à faire les cent pas, les mains dans les poches. Cela fait huit ans que je ressasse toute cette affaire, que je me traite de tous les noms. Mais elle est là ! dit-il, en se frappant rageusement la poitrine dans la région du cœur. Elle ne m'a jamais quitté. Je me réveille tous les matins et je me couche tous les soirs avec elle, c'est une insupportable torture.

— Est ce que tu me diras un jour la raison de ta rupture.

— Ne me demande pas ça maman. Je ne pourrai plus jamais te regarder en face si je te raconte ce que j'ai fait.

— Mon fils, répondit gravement Geneviève, rien ne pourra changer mes sentiments en ce qui te concerne. Tu es mon enfant, je t'aime et je t'aimerai jusqu'à mon dernier souffle.

Environné par le manteau de la nuit, Laurent se confessa à sa mère, il lui dit la vérité toute crue sans se chercher des excuses ou justifications.

À la fin de ses aveux, sa mère lui posa doucement une main sur l'épaule, en disant d'un ton sans réplique.

— Il faut que tu parles à Lilly, elle a le droit de savoir.

Et elle quitta la pièce.

Laurent médita longtemps sur la question, pour finir par regagner sa chambre, incertain sur la conduite à tenir.

Chapitre X

Il tourna en rond un moment chez lui. Se sentant comme asphyxié entre ces quatre murs, il quitta sa chambre. Profitant de la pénombre et de la douceur bienfaisante de la nuit, Laurent décida de faire un tour dans le jardin. De toute façon, il n'avait pas sommeil. Le repos en ce moment était un luxe auquel ses sombres pensées l'empêchaient d'accéder. La marche lui ayant toujours permis de s'éclaircir les idées, il profita de la solitude nocturne pour faire une plongée dans ses souvenirs.

Dans toute cette boue qui s'était déversée sur sa vie, il estimait qu'il ne s'en était pas trop mal sorti. Son enfant grandissait bien, malgré les tumultes qui ont traversé sa jeune existence. Et lui, avait le cœur désencombré de tout ressentiment. Il avait fini par faire la paix avec son père avant le décès de ce dernier. Le ciel en soit loué.

Pourtant, ce n'était pas gagné, il était dans la période la plus sombre de sa vie de couple. Fabienne toujours absente, faisait peu de cas de leur enfant. Lui, croulait sous le boulot et faisait l'impossible pour que Paul ne pâtisse pas de la situation. Il reçut un appel désespéré de sa mère l'informant de l'état inquiétant de Pierre. Sans réfléchir plus avant, Laurent embarqua son fils et prit l'avion à temps pour voir son père une dernière fois.

Quand il revit Pierre qui fut si solide si charismatique, diminué, ratatiné dans le grand lit, toute amertume mourut dans son cœur, laissant la place à un indéfectible amour, de la reconnaissance et de la compassion. Caressant son front blafard, Laurent appela doucement son père pour le sortir de sa somnolence.

— Tu es là !

La voix de son père était faible, son souffle court.

— Ne parle pas.

— Il le faut mon fils, je t'ai fait tellement de mal.

— Mais non papa.

Laurent tenta de sourire, mais n'y parvint pas.

— Laurent, laisse-moi te dire ce que j'ai sur le cœur.

Malgré la faiblesse de la voix, Laurent perçut l'impérieux besoin de son père. Il se tut et prend dans les siennes la main glacée de Pierre.

— J'ai été égoïste, j'ai fait des erreurs et c'est toi que j'ai envoyé les payer à ma place. J'espère que tu trouveras dans ton cœur la force de me pardonner. Tu as toujours été un homme généreux et j'en ai abusé. Tout est de ma faute et j'ai gâché ta vie.

— Ce n'est pas vrai papa ! protesta vigoureusement Laurent. J'ai Paul, tu comprends, tout n'a pas été si négatif. Il y a mon fils pour lequel je serai prêt à endurer les pires tourments. C'est la meilleure chose qui soit sortie de ce désastreux mariage.

— Je regrette tellement d'avoir suggéré à Carlos l'idée de cette union. Dans ma stupidité, j'ai cru que Fabienne serait une meilleure épouse pour toi. Là encore, je n'ai pensé qu'à mon entreprise, j'ai toujours fait passer mon entreprise avant ma famille. Je suis désolé mon fils, pardonne-moi.

— Je ne t'en veux pas papa, je t'assure. Je ne sais pas ce que j'aurais fait à ta place.

— Tu aurais fait les choses d'une autre manière.

— Rien n'est moins sûr.

— Je suis navré d'avoir tout gâché entre toi et Lilly.

— Ne parlons pas de cela, tu dois te reposer. Je resterai aussi longtemps qu'il le faudra. Je t'aime papa.

— Moi aussi je t'aime mon fils. Je suis tellement fier de toi. De l'homme que tu es. Je sais que tout le mérite en revient à ta mère.

— Ne dis pas de bêtises, tu m'as donné le goût du parfum, c'est un inestimable présent, je t'en remercie.

Père et fils en communion dans cette chambre, se pardonnèrent mutuellement leurs griefs. Et Pierre rendit le dernier souffle dans les bras de Laurent. La période de deuil, fut aussi une phase de grande prise de conscience pour Laurent qui se rendit compte que le poison du ressentiment l'avait emprisonné des années durant. Le temps était venu pour lui de ne penser qu'à redresser sa vie personnelle et tout faire pour rester hors de portée de la mauvaise conduite de celle qu'il appelait encore sa femme. Il était temps qu'il arrête de s'accrocher à des chimères, de ne compter que sur lui-même pour l'éducation de son fils. Désormais il remplirait le double rôle de papa et de maman.

******

Le lendemain, il sortit du sommeil en se sentant pour la première fois depuis son retour comme délivré d'un poids. Un miracle s'était produit pendant qu'il parlait à sa mère. Il avait l'impression d'être lavé, de s'être débarrassé des lambeaux de l'ancienne souillure qui s'accrochait encore à son âme. Il n'avait pas encore de solution satisfaisante, mais se sentait proche de quelque chose.

C'est d'un pas léger qu'il descendit retrouver tout le monde pour le petit-déjeuner.

Sa mère sourit légèrement devant ses traits reposés. Il lui rendit son sourire en mordant à pleines dents dans les toasts que Maria lui servait avec bonheur.

Il consulta sa messagerie et vit qu'il avait deux réunions financières dans la matinée. Il fit la grimace en se levant, envoya des baisers du bout des doigts à l'assemblée et sortit en sifflotant.

Une fois dans son bureau, il mit sa veste sur le dos de son siège, retroussa ses manches de chemise, entra dans son laboratoire. Il pulvérisa un peu de parfum dans la pièce pour une analyse olfactive, il se mit à aller et venir d'un pas tranquille en se laissant envahir progressivement par les odeurs, en les déclinant doucement dans sa tête et en les associant ou les dissociant suivant son inspiration. Il griffonna rapidement quelques notes, réfléchit un court instant, ouvrit les vitrines pour sortir les ingrédients dont il aura besoin.

Il aligna sur le plan de travail de minuscules bouteilles d'essence, il choisit du santal, du bois de rose, de la rose de damas.

Il hésita entre la bergamote et la mandarine, pour finir par prendre les deux. Il jeta un coup d'œil à sa montre en jurant. Il avait juste le temps de filer à sa première réunion.

Assis à compulser des lignes et des lignes de chiffres, il étouffa discrètement un bâillement, sortit ses clés de ses poches en prêtant une oreille distraite au discours de sa sœur. Elle parlait de leur participation à la fête du printemps et de l'investissement qu'il fallait consentir. Laurent se figea, la main sur une petite clé, un tintement d'alarme retentit dans son esprit.

— Oh Mon Dieu ! cria-t-il stupéfait, mais oui le printemps, je suis bête !

Il se leva en considérant les visages qui le fixaient avec stupéfaction.

— Finissez sans moi, leur dit-il en sortant de la pièce. Il revient aussitôt en s'adressant à Carole.

— Je ne serai là pour personne de toute la journée et ce soir, tu me sers de cobaye.

Il sortit en courant, pour se précipiter dans son laboratoire farfouillant avec impatience dans les papiers de la petite pièce où étaient archivés ses anciens dossiers. Il brandit triomphalement la formule qu'il cherchait en marmonnant.

— Bien sûr, j'y suis ! Je change la note de fond pour le parfum à commercialiser, je garde intacte la formule du parfum unique.

Il ouvrit l'armoire et sortit le carton dans lequel il avait enfermé tous ses espoirs. D'une main tremblante il sortit la petite boîte en velours noir et le sublime flacon en cristal taillé. Il resta dans la petite pièce de longues heures à réfléchir à la justesse de la décision qu'il envisageait. Une fois sûr de lui, il saisit son téléphone.

— Carole, je sais que je te dérange, mais il me faut tout le monde demain matin pour une communication extraordinaire, je t'en dirai plus tout à l'heure. Tu viens toujours me voir ?

Souriant à la réponse de sa sœur, il raccrocha et se plongea dans son travail.

Il devait préparer un échantillon définitif pour la chaîne de production, et commencer à concevoir la campagne de pub. Il devait présenter des idées claires et définies pour que la mise en place puisse se faire dans les meilleurs délais.

Comme d'habitude dès qu'il était certain de ses choix, un grand calme vint remplacer la frénésie et l'inquiétude dans son esprit.

Carole le trouva tranquillement assis à écrire, il leva les yeux vers elle en disant :

— Ça y est, j'ai mon parfum.

Elle le dévisagea complètement confuse.

— Je ne comprends pas, on en était à tester différentes combinaisons, tu ne peux pas avoir travaillé aussi vite.

— Non, répondit Laurent en comprenant le trouble de sa sœur. Ce parfum dort dans les archives depuis plus de huit ans, c'est la formule que j'avais mise au point pour Lilly.

Il lui tendit une petite bouteille noire qu'il extirpa d'une trousse de velours rouge.

— Sens et donne-moi ton sentiment, sois franche.

Elle approcha ladite bouteille de ses narines, huma longuement et souffla l'air.

— Laurent ! fit-elle émerveillée, c'est absolument divin. C'est capiteux, sensuel féminin, exactement la description que tu m'as faite la dernière fois qu'on s'est parlé.

— Cette formule c'est pour Lilly exclusivement. Voici la version qui va être commercialisée.

Il lui tendit un flacon plus clair, qu'elle porta à son nez, le respira avec le même ravissement. Elle s'en mit quelques gouttes sur les poignets, laissant le parfum se marier à sa chimie naturelle.

— Tu n'as rien fait d'aussi parfait, fut le verdict de Carole. La maison Belliviers n'a jamais eu un parfum aussi équilibré.

Elle regarda son frère avec une admiration sans bornes.

— Bon, dit Laurent les mains sur les cuisses, on va lancer la production. Je ne veux que le meilleur pour cette campagne

— Cela a toujours été le cas non ! ironisa Carole.

Laurent sourit en secouant la tête.

— Plus que jamais, je veux de l'unique, de l'extraordinaire, du jamais vu dans la finesse, l'élégance et le raffinement. Tu comprends, je joue mon avenir. Le flacon de l'absolu existe déjà, j'ai fait des esquisses pour la version commercialisable.

— Je ne comprends pas, dit Carole on va donc sortir deux produits.

— Pas du tout, répliqua son frère. Sur la brochure de présentation il y aura le flacon public avec en surimpression le flacon unique. Et celui-là personne n'aura le droit de l'approcher, il ne sera pas exposé.

— Tu veux créer l'évènement c'est génial ! s'enthousiasma Carole.

— En fait non, j'ai fait faire ce flacon pour Lilly c'était son cadeau d'anniversaire, avec en prime la bague de fiançailles. J'allais la demander en mariage quand papa m'a précipité en enfer.

— Tu vas lui offrir ce parfum ?

— Naturellement. Il lui était destiné, elle en fera ce qu'elle voudra. Mais si elle l'accepte, je saurai que je suis accepté aussi.

— Waouh ! Tu prends un sacré risque.

— Je n'ai pas d'autre solution.

— Je comprends. Bon, je vais faire le nécessaire, j'envoie un mémo à tout le monde et demain branle-bas de combat.

— Merci ma chérie.

— Je t'en prie.

******

Le lendemain matin, c'est un Laurent triomphant qui présida la réunion, une pile de documents étalée devant lui sur la table de conférence.

— Bonjour tout le monde. Vous avez eu le mémo de Carole, on ne va pas perdre de temps en discussion. J'ai la formule définitive de notre nouveau parfum. Il est enregistré et protégé au coffre. Je veux un lancement dans un mois, je sais dit-il devant la salve de protestations, les délais sont plus que courts mais je dois surprendre, on démarre donc le quinze du mois prochain.

Je veux des têtes de gondoles réservées chez tous nos distributeurs, je n'accepterai ni désistements ni atermoiements, je n'ai pas de temps à perdre et paierai ce qu'il faut. J'attends de l'équipe de création, des illustrations pour la brochure, comme c'est expliqué dans la documentation. Je veux une tête de femme entourée d'une collerette de roses rose en surimpression. C'est la femme le sujet pas les roses.

Pour les eaux de parfum, j'ai choisi des flacons en cristal, la forme est assez dépouillée pour qu'ils soient rapidement produits. Et des flacons en verre dépoli pour les eaux de toilette. Toutes les femmes invitées à la conférence de presse recevront un grand modèle en cadeau. Je ne veux en aucune façon qu'on nous compare aux autres maisons. Prévoyez une couverture de presse nationale, on travaillera sur l'international dans un second temps.

Je donnerai une unique conférence, les autres communiqués seront pris en charge par notre service de presse. J'exige un silence absolu. Aucune information ne doit filtrer avant le jour du lancement. Si vous avez des questions, voyez avec Carole. Merci de votre attention, au travail.

Il quitta rapidement la pièce laissant sa sœur et son frère régler les détails.

Après un mystérieux appel, il demanda à sa secrétaire de lui réserver un aller-retour en express pour Paris.

Avec ce qu'il avait en tête, il devait faire table rase de toutes ses rancœurs et ce voyage allait être décisif pour la suite des évènements. Il traita mille et un petits tracas du quotidien de l'entreprise et quitta les lieux relativement tôt.

Il se rendit chez lui pour les derniers arrangements en vue de son déplacement.

— Maman, appela-t-il de la porte du salon, je serai absent toute la journée de demain, j'ai une affaire à conclure à Paris, je rentrerai le soir même.

— Bien mon chéri, je conduirai Paul à l'école et je l'emmènerai au cinéma dans l'après-midi.

— Merci !

Il trouva le petit Paul dans sa chambre concentré sur un combat intergalactique avec ses figurines.

— Chéri ! dit-il doucement, je dois partir demain.

— Longtemps ! demanda le petit garçon occupé à défaire l'armée ennemie.

— Je rentrerai demain soir, je viendrai te border.

— D'accord, répondit distraitement son fils.

La soirée fut l'une des plus paisibles qu'il connut depuis une éternité. Il mit quelques dossiers ainsi que son ordinateur dans son porte-documents, le casa dans le coffre de sa voiture et alla se coucher.

******

La gare grouillait de monde, mélange de touristes, d'hommes d'affaires de tout poil et des gens du cru. Laurent repéra son train sur le grand tableau d'affichage, composta son billet et prit place dans le fauteuil qui lui était réservé en ouvrant son ordinateur.

L'ordi était une parade, il n'avait pas l'intention de travailler. Il voulait se prémunir contre d'éventuels compagnons de voyage envahissants.

À Paris, il sauta dans un taxi en indiquant l'adresse au chauffeur, qui le déposa devant un hôtel particulier haussmannien.

Il sonna et une servante en uniforme amidonné vint ouvrir.

— Je souhaite parler à Madame Dessanti, je suis son ex-mari.

— Entrez, dit la servante en s'effaçant pour le laisser passer. Je vais voir si Madame peut vous recevoir.

Elle le conduisit dans un magnifique salon et quelques minutes plus tard Fabienne apparut apprêtée comme à son habitude. Un léger sourire aux lèvres.

Elle lui tendit la main, mais Laurent lui fit gentiment la bise.

— J'ai cru que Mona plaisantait quand elle t'a annoncé.

— J'aurais dû te prévenir, mais j'ai pris ma décision sur un coup de tête.

— Tu veux du café ?

— Euh, hésita-t-il, oui merci !

Fabienne sonna et demanda qu'on leur serve du café.

Elle prit nonchalamment place dans un fauteuil en l'invitant à s'asseoir d'un regard.

— Pour quelle raison es-tu là Laurent ? Et comment va mon fils ?

— Paul va très bien, il s'épanouit un peu plus chaque jour.

Laurent s'interrompit pour laisser la jeune bonne servir le café.

— Je suis venu te demander pardon, avoua-t-il doucement.

Fabienne le regarda, la bouche ouverte de saisissement.

— Je n'ai rien à te pardonner mon cher Laurent, fit-elle en se levant nerveusement. Je me suis évertuée à foutre notre mariage en l'air.

— Nous étions deux !

Laurent alla vers elle, et prit ses deux mains dans les siennes, la fixa avec une bienveillance toute neuve.

— Toi, tu faisais des efforts. Moi je croyais que tout m'était dû et je t'ai perdu, confessa son ex-femme.

— Je suis désolé.

— Tu n'as rien à te reprocher, je t'assure, répondit piteusement Fabienne. Mon inaptitude au bonheur a eu raison de nous.

— Si tu m'avais parlé à l'époque, commença Laurent.

— Je n'en avais pas conscience, l'interrompit Fabienne, et je t'ai détesté parce que mon père était de ton côté. Il n'a jamais douté de toi, ni contesté tes décisions. Au moment du divorce, il m'a demandé de faire mon examen de conscience, je l'ai envoyé paître, mais le vers était dans le fruit. Mon père m'adore je le sais, mais il prenait ton parti, j'étais ulcérée par son attitude, mais j'ai fini par comprendre.

— Qu'as-tu compris ?

— Que nous t'avons forcé la main. Je ne sais pas ce qui s'est passé avec papa, mais je sais que nous t'avons forcé la main. Je me demande comment tu as pu me supporter toutes ces années, avec mon sale caractère de gamine trop gâtée.

— Je voulais que ça marche, ce mariage m'avait coûté Lilly. Je voulais que ça marche pour ne pas devenir dingue.

— Oh seigneur ! Fabienne était sincèrement ébranlée, elle le fixa des larmes plein les yeux. Qu'est ce que j'ai fait !

— Nous étions jeunes.

— Ce n'est pas une raison, contra-t-elle, tu as toujours été droit, patient compréhensif.

— Fabienne ! protesta Laurent, je ne suis pas un saint, loin de là !

— Plus tu t'éloignais, plus je devenais odieuse. Quel gâchis !

Après un moment de silence durant lequel aucun des deux n'avait touché à son café, Fabienne reprit place dans le fauteuil en levant les yeux vers lui.

— Ce n'est pas uniquement pour ça que tu es là.

— Non, je vais sortir le parfum que j'avais conçu pour Lilly. C'est une façon pour moi de lui forcer la main, avoua Laurent en haussant les épaules.

— Et tu veux ma bénédiction ? s'étonna Fabienne.

— La campagne va faire du bruit, je ne veux pas que tu te sentes blessée.

— Je te remercie pour la noblesse de ta démarche. Tu es vraiment un homme étonnant. J'espère qu'elle acceptera.

— Moi aussi, fit Laurent soulagé, moi aussi.

— Ne t'inquiète pas pour moi. Fabienne le regarda droit dans les yeux. Je vais bien maintenant. Va éblouir Lilly.

Elle luit fit un rapide baiser sur la joue et sortit de la pièce.

Quelques minutes plus tard, la domestique revint pour le raccompagner à la porte.

Laurent effectua le voyage de retour dans un état de grande complexité. Il était content de la tournure qu'avait prise son entretien avec son ex-femme, et il appréhendait la réaction de Lilly quand il la mettrait devant le fait accompli.

Sa décision était prise, pas question de revenir en arrière. Alors sitôt rentré, il quêta la compagnie de sa mère.

Il la trouva au salon, en train de faire une réussite. Il la poussa un peu pour se faire une place sur le canapé, la tête coincée dans son cou, il lui dit sur le ton de la confidence.

— J'ai vu Fabienne, on a fait la paix.

— C'était le but de ce fameux voyage éclair !

— Oui, je ne voulais pas qu'elle apprenne par la presse ce que je m'apprête à faire dans les jours prochains.

— Et que vas-tu faire mon fils ?

— Je vais commercialiser le parfum Lilly

— Je ne comprends pas, il y a un parfum Lilly ?

— Oui, celui que j'avais créé pour son vingtième anniversaire.

Sa mère pivota pour lui faire face.

— Explique-moi veux-tu ? Tu m'embrouilles.

— J'avais créé un parfum pour elle et acheté une bague pour lui demander sa main, et après le choc avec papa, j'ai tout rangé dans un tiroir. Plutôt que d'inventer une nouvelle formule, je vais lancer Lilly.

— Je ne crois pas que ça soit une bonne idée.

— Non maman. Laisse-moi t'expliquer, l'authentique parfum est un exemplaire unique destiné seulement à Lilly. L'autre version, je l'ai travaillée différemment, personne ne portera la même eau qu'elle. Et comme ça, elle saura qu'elle est et restera unique pour moi.

— Tu vas te servir du lancement pour lui déclarer ta flamme.

— C'est le seul moyen que j'ai trouvé.

— C'est un coup de force Laurent.

— Je sais, mais c'est tout ce que j'ai.

— J'espère que tu sais ce que tu fais.

— J'espère aussi.

Les jours défilaient à toute vitesse, l'entreprise prenait des allures de fourmilière débordante d'activité.

Laurent se montra intraitable, refusant les ébauches de packaging, brochures et étiquettes jusqu'à obtenir un résultat correspondant à ce qu'il avait à l'esprit. Les heures supplémentaires crevèrent le plafond. Tous ceux qui collaboraient au projet avaient des mines caves, certains ne rentraient pas chez eux des jours entiers.

Plus la fatigue gagnait du terrain, plus Laurent fit montre de lucidité, d'acuité dans ses directives. L'enjeu le galvanisait. Au-delà du challenge pour l'entreprise, il voyait dans l'occasion une victoire à remporter sur son destin. Il eut l'œil sur tout, énervant son petit monde, contrôlant le moindre document avant de valider une décision. Tout devait être parfait, il ne laissait la moindre place à l'improvisation ou à l'à peu près. Il vérifiait minutieusement chaque étape de la préparation du grand jour.

Malgré la pression, plus la date butoir approchait, plus l'excitation stimulait les troupes. Chacun prenait son rôle à cœur, voulant apporter sa contribution au réveil de la prestigieuse maison.

La veille de l'évènement Laurent organisa un déjeuner pour remercier l'équipe. Tous ceux qui avaient pris part à la mise en place de la manifestation, furent invités. Il prouva une fois de plus sa largesse d'esprit en maintenant une atmosphère détendue, sans hiérarchie aucune, tout le monde fut traité sur un pied d'égalité. Les femmes présentes reçurent une miniature du parfum assorti d'un pendentif qui reprenait le motif de rose du bouchon. Avec pour consigne de ne l'utiliser que le lendemain.

Les employés furent libérés en début d'après-midi, afin d'être alertes pour la longue journée du lendemain.

Chapitre XI

Laurent tourna comme un lion en cage dans la pièce attenante à la salle de conférences. Il consulta fébrilement ses notes, tendu comme un arc malgré les bruits festifs de conversations légères entrecoupées de rires, de verres s'entrechoquant joyeusement. L'excitation était à son comble. Les journalistes se bousculaient pour les premières places émettant les suppositions les plus folles.

Laurent rajusta sa veste et pénétra dans la salle. Il fut accueilli par un silence d'église. Il avança d'un pas tranquille, adressant un sourire à l'assemblée.

— Bonjour Mesdames, Messieurs. Je suis heureux que vous soyez si nombreux à avoir répondu à l'invitation des parfums Belliviers. Comme vous le savez tous, j'ai longtemps abandonné ma passion des parfums pour endosser le costume de patron. Aujourd'hui, je reviens à mes premières amours dans tous les sens du terme. Mes collaborateurs et moi-même avons travaillé avec la conviction de donner à notre clientèle, un produit comme jamais la maison n'en avait créé.

Il fit un geste de la main, les lumières se tamisèrent. La pénombre ainsi crée laissa apparaître derrière lui sur un écran, un hologramme du flacon en cristal tournoyant sur un piédestal en verre. Niché au centre de ce dernier et par transparence, on pouvait voir l'ombre du flacon en verre.

La musique s'éleva, douce et envoûtante accompagnée d'images de petites roses en verre tombant en pluie sur le sol.

Les cris d'admiration retentirent dans la salle, et pour la première fois, depuis le début de cette journée, Laurent respira pour de vrai.

Levant la main une journaliste demanda.

— C'est inhabituel de faire la promotion de deux produits en même temps ?

— En fait non ! répondit Laurent un sourire conquérant sur les lèvres, car il n'y a pas deux produits.

******

Lilly était en compagnie de ses tantes dans sa cuisine quand elle entendit la voix de Laurent à la télévision. Elle se raidit, et finit de ranger les plats avec des gestes mécaniques. Cette voix la touchait au cœur. Quoi qu'elle fasse, elle était comme envoûtée par ses intonations chaudes et vibrantes. Et malgré elle, son attention fut captive de son discours.

— Mais vous en présentez bien deux là sur l'écran ? dit une voix.

— Pouvez-vous nous révéler enfin le nom de ce parfum tant attendu ? demanda un autre journaliste.

— Celui que nous ne verrons ni ici, ni en magasins, je l'ai appelé « Lilly mon absolu ». Et simplement Lilly pour le parfum public.

Un bref silence suivit la déclaration de Laurent avant qu'il ne soit submergé par un flot de questions.

— Pourquoi cacher ce parfum aux yeux de votre public ?

— Parce qu'on ne partage pas un gage d'amour, Madame.

— C'est un message à la femme que vous aimez ?

— Un appel de mon cœur au sien.

******

Lilly laissa lui glisser des mains la carafe de vin rouge, avec une exclamation de désespoir.

Mia fit un geste impérieux à Évelyne pour qu'elle reste avec Sissi, avant de se précipiter dans la cuisine, pour attraper la main de sa nièce et l'amener au salon. Lilly se laissa faire, mais ne s'assit pas. Elle avait l'impression de ne plus maîtriser son corps. Elle ne se rendit même pas compte que son pantalon trempé de vin lui collait aux jambes. Tremblante, elle fixait l'écran où Laurent continua de parler décrivant en détail la composition du parfum Lilly.

— A l'heure où je vous parle toutes les femmes qui désirent faire connaissance avec notre dernière création peuvent se rendre dans leur parfumerie.

— Aura-t-on un jour la chance de connaître le secret de l'absolu ?

— C'est peu probable, répondit Laurent en riant. La formule de ce parfum est un secret de jeunesse, inspiré par l'amour de Lilly. Je sais que c'est audacieux de ma part d'utiliser ainsi le nom de la femme que j'aime, mais c'est la seule manière que j'ai trouvée pour lui faire savoir ce qui hante mon âme. Je l'aime depuis toujours, ajouta-t-il en terminant son allocution. Il fit signe à Carole pour prendre le relais.

La conférence fut suivie d'un cocktail, et Laurent se prêta de bon gré aux séances de photos. Les conversations tournaient toutes autour du parfum caché. Il esquiva habilement les questions sur l'absolu. Il attendait avec impatience de pouvoir partir. Il avait l'intention de voir Lilly le soir même pour enfin lui donner ce cadeau qui avait si patiemment attendu son heure.

Il sortit un moment au jardin, saturé qu'il était par le bruit, les odeurs, et tous ces gens qui l'entouraient. Il fit tomber la veste et s'assit la nuque reposant contre le bois frais du banc.

C'est dans cette position que le trouva Carole. Il se contenta de lui sourire sans ouvrir les yeux ni bouger.

— On a les premiers chiffres, piaffa-t-elle. C'est un véritable raz de marée, on risque la rupture avant la fin de la semaine.

— Aucune chance, j'avais pris mes précautions. J'ai lancé un autre site de production.

— J'avais oublié pourquoi c'est toi le patron, répondit sa sœur dans un rire sonore.

— Hé ! Je ne suis plus patron, se défendit Laurent.

Sa sœur se blottit contre lui et ils restèrent là silencieux, profitant de ce moment de répit, et de plénitude.

******

Lilly hagarde assista à la fin de la conférence et du lancement du parfum qui portait son nom.

— Il ne peut pas avoir fait ça, dit-elle à ses tantes en les regardant abasourdie.

— Mais tu refuses de lui parler !

— Alors, il me force la main.

— Il t'aime ma chérie.

— De quel côté êtes-vous donc ! s'énerva la jeune femme.

— Moi, lui répondit sérieusement Mia, je prends fait et cause pour ton bonheur, et ton bonheur passe par Laurent. Ouvre les yeux ma chérie, lui exhorta-t-elle. Tu n'es plus la même depuis son retour, tu vas continuer à te mentir encore longtemps ! Donne-lui une chance.

— Je ne veux pas, je n'en aurai pas la force.

— Tu es plus forte que tu ne le crois ma biche, tu as survécu à tellement de souffrance.

— Justement, c'est est trop… Je m'en vais.

Lilly se leva, avant que ses tantes ne puissent esquisser un geste, elle grimpa dans sa chambre. Elle se changea en vitesse et mit hâtivement quelques affaires pêle-mêle dans un petit sac.

— Tu restes avec tes Taties, dit-elle à sa fille qui l'avait suivie accrochée aux deux femmes.

— Mais Lilly où veux-tu donc aller ?

— Je vais me réfugier à la montagne deux ou trois jours, il faut que je réfléchisse. Dès demain mon visage va être partout associé à ce parfum.

— C'est déjà le cas lui fit Évelyne, la figurine de la brochure te ressemble de manière parfaite.

Elle arracha le document des mains de sa tante pour la scruter en devenant encore plus blanche.

— Oh mon Dieu ! Il l'a gardé pendant toutes ces années. J'ai fait ce dessin pour Laurent trois jours après notre rencontre, avoua-t-elle devant l'interrogation muette des deux femmes. Il voulait m'avoir avec lui à chaque instant de sa vie. Il l'a vraiment gardé !

Elle s'assit sur son lit au bord des larmes. Sissi se hissa sur les jambes de sa mère et l'entoura de ses petits bras.

— Tu as bobo maman ?

— Oui maman a bobo dans le cœur, dit Lilly en serrant sa fille contre elle.

Elle adressa une prière muette à ses tantes. Évelyne disparut un moment pour revenir avec un trousseau de clé et le lui tendit sans un mot.

Lilly déposa doucement la fillette sur son lit, ramassa son sac et sortit.

Après une rapide discussion, Mia et Évelyne décidèrent que Sissi serait mieux chez sa mère. Elles prirent l'option de rester sur place avec l'enfant, plutôt que de l'emmener.

Il était près de dix-huit heures, quand elles entendirent tambouriner à la porte d'entrée privée. Mia alla ouvrir et se retrouva devant un Laurent frétillant d'impatience.

— Je peux voir Lilly ? Oh pardon ! Bonsoir, se reprit-il.

— Elle n'est pas là, elle est partie.

— Je.. Quand ? Pourquoi ?

Mia l'attira à l'intérieur.

— Elle était bouleversée, tu peux comprendre.

— Merde ! J'ai tout foiré.

— Non, je ne dirai pas ça. C'était un peu beaucoup de t'entendre déclarer ton amour, de voir ce parfum et la gravure représentant son visage.

— Elle m'en veut !

— Je ne dirai pas ça non plus, répondit gentiment Mia devant l'air perdu de Laurent. Aucune femme ne peut résister à cette arme de séduction massive.

— On parle de Lilly, pas de n'importe quelle femme. Il faut absolument que je lui parle !

Sans un mot Mia disparut et revint avec un papier et des clés.

— Elle est à cette adresse, mais promets-moi de lui laisser cette soirée.

— Je ne peux pas, commença Laurent. Il s'arrêta net de parler devant le recul de Mia qui remit dans une poche ce qu'elle lui tendait l'instant d'avant.

— D'accord, consentit Laurent, je vous promets, je ne ferai rien ce soir, mais demain j'irai la voir.

— Souhaitez-moi bonne chance, conclut-il en prenant les clés et le morceau de papier des mains de Mia.

Le lendemain, il fut submergé de demandes d'interview, d'appels, de télégrammes de félicitations, de demandes de partenariat. Il dut gérer un tel afflux de sollicitations, qu'il ne vit pas la journée passer et c'était tant mieux.

La moindre accalmie le ramenait à sa situation avec Lilly et y penser lui faisait frôler la crise cardiaque. Ce ne fut qu'en fin de journée qu'il put se libérer de ses obligations professionnelles. Il passa un rapide coup de téléphone à sa mère, prit sa veste et un pull qui traînaient sur l'accoudoir d'un fauteuil, et quitta son bureau.

Il enregistra l'adresse donnée par Mia sur son GPS. Après avoir vérifié que son précieux paquet était en sécurité sur le siège arrière, il se mit en route.

Le chemin fut aisé pour atteindre la maison cachée dans la pénombre, protégée par la masse touffue de grands arbres. Toutes les fenêtres étaient sombres, mais la porte d'entrée non verrouillée.

Prenant ce signe comme un bon présage, il pénétra dans la maison, alluma la lumière du couloir. Il repéra le salon à sa droite, entra, déposa son paquet sur le manteau de la cheminée et prit place sur une chaise pour attendre le retour de Lilly.

******

Cette dernière perdue dans de moroses pensées, revenait lentement vers la maison par un petit chemin de pierre. Elle s'arrêta soudainement en voyant filtrer la faible lumière du couloir. Elle se figea tout à fait en reconnaissant la voiture de Laurent garée derrière la sienne.

Elle resta longtemps dans le noir s'interrogeant sur la conduite à adopter. Elle ne pouvait pas se sauver, la voiture de Laurent encombrait l'entrée et bloquait la sienne. Elle ne pouvait pas non plus passer la soirée dans le bois en attendant qu'il reparte. Prenant son courage à deux mains, elle se décida à l'affronter.

Elle rentra dans le salon sur la pointe des pieds. Il la sentit tout de suite et se raidit d'appréhension.

— Bonsoir, soupira-t-elle d'une petite voix apeurée.

—Bonsoir Lilly, lui répondit tout aussi doucement Laurent comme s'il craignait de l'effaroucher. Je t'en prie, n'allume pas ! dit-il quand il la sentit bouger dans la pièce. Je ne pourrai pas te parler si je vois ton visage s'il te plaît ! supplia-t-il.

Un grand silence s'installa dans la pièce, interrompu par leurs deux respirations saccadées.

Laurent prit la parole, d'une voix basse, douce et presque détachée. Il lui raconta le bonheur de leur rencontre, la certitude d'avoir trouvé son âme sœur, ses projets de s'établir et vivre avec elle. Les difficultés de l'entreprise et la négligence de son père. Sa respiration se fit encore plus oppressante à l'évocation du marché proposé par Pierre. Le choix cornélien qu'il eut à faire, écartelé entre son amour pour elle et le devoir de sauver sa famille. Sa totale impuissance à infléchir le cours de son destin. Sa résignation à un mariage sans amour, son sentiment d'échec et de perte quand il lui a fallu se résoudre à divorcer.

Il sentit la main hésitante de Lilly remonter doucement le long de son dos, lui entourer la nuque. Elle l'attira contre son corps en pleurant.

— Je suis tellement désolée, que tu aies eu à vivre une telle épreuve.

— C'est moi qui suis navré de t'avoir blessée.

— Tu n'avais pas le choix. Je ne sais pas ce que j'aurais fait dans un cas semblable. Tu n'as rien à te reprocher.

— S'il te plaît, pardonne-moi, je mérite que tu me méprises.

Elle lui posa les doigts sur la bouche pour le faire taire, et il sentit les larmes de la jeune femme chaudes et réconfortantes couler dans son cou.

— Je ne te méprise pas Laurent, ça fait longtemps que je t'ai pardonné. C'est ce qui m'a permis de tenir, je n'aurais pas pu vivre avec une telle rancœur dans ma vie.

Elle le fit pivoter pour lui faire face, laissant ses doigts suivre la ligne de sa mâchoire, remonter vers sa bouche, ses pommettes, et le pressa contre elle avec force.

Cette étreinte qui fut d'abord de consolation, se changea en urgente passion. Elle l'embrassa avec violence. Un instant paralysé par la peur, il riposta avec la même détermination, la même passion qu'elle. Il bâillonna ses lèvres dans un baiser exigeant. Sans répit, il l'embrassa encore et encore. Puisant dans ce baiser, la sève nutritive pour enfin vraiment revenir à la vie, pour réchauffer toutes les fibres de son être, tiédies par trop de solitude, trop de questions chagrinantes, de distance, d'années loin de son corps, de son regard, de son rire.

Ses mains fébriles papillonnèrent dans le dos de la jeune femme, sans se poser, descendirent dans le bas de son dos. Il lui ôta la chemise de son pantalon grondant sourdement contre sa peau, il passa les mains sous le tissu lui pétrissant la chair.

Impatient d'atteindre encore plus de peau, plus d'elle, il fit sauter les boutons de sa chemise, la déchirant à moitié. Ils se scrutèrent un moment dans la pénombre et repartirent à l'assaut, de leurs bouches, de leurs corps, les vêtements volèrent partout dans la pièce.

Le silence fut entrecoupé de grognements sourds, de halètements de bêtes sauvages réglant leurs comptes. Ils ne firent pas l'amour, mais la guerre à leur frustration, leur réciproque solitude, leur manque. Ils s'empoignèrent, roulant l'un sur l'autre dans une totale perte de contrôle, se faisant du mal et du bien simultanément.

La délivrance fut accueillie dans un feulement qui fit trembler la nuit.

Essoufflés, ils s'effondrèrent bras et jambes entremêlés. Lilly trembla contre lui, il l'entoura de ses bras pour la réchauffer.

— Où est la chambre ?

— À l'étage. Viens !

Il la suivit dans l'escalier, la tenant par les hanches. Elle alluma une veilleuse et se jeta sur le lit. Elle se retourna brusquement en entendant le cri d'horreur de Laurent.

Il avança vers elle des mains tremblantes.

— Lilly chérie, pardon ! J'ai été brutal, tu as des bleus partout.

— On s'en fout, répondit elle en riant. Tu n'es pas mieux, dit elle en embrassant les estafilades qu'elle avait laissées sur ses épaules.

Ses lèvres se promenaient sur son torse, sa gorge, le long de ses bras, elle retrouvait son goût, se repaissait de son odeur. Elle refit connaissance avec ce grand corps qui lui avait tellement manqué, elle l'explora des doigts et des lèvres. Les yeux fermés pour mieux le sentir.

Dans un éclat de rire, elle l'attira sous les draps.

Elle se réveilla au milieu de la nuit en le sentant bouger contre elle.

— J'ai soif, tu veux un verre d'eau ? dit Laurent en se levant.

— Oui, merci.

Lilly ramena les draps contre elle souriant heureuse dans le noir.

Laurent revint un instant plus tard, le verre d'eau dans une main et un paquet dans l'autre. Il resta debout la regardant boire avec une singulière lueur dans les yeux. Quand elle eut fini, il lui prit le verre des mains, la fit glisser du lit et la mit debout.

Gravement il mit un genou à terre devant elle, lui présentant l'écrin de velours noir ouvert sur un splendide solitaire.

— Je veux qu'on se marie.

Lilly explosa de rire devant le ridicule de la situation. Elle était nue et échevelée, et on la demandait en mariage.

— Lilly ! protesta Laurent les yeux pétillants de rire.

— Ce n'est pas ainsi que j'imaginais la scène, répondit-elle entre deux éclats de rire. J'accepte d'être ta femme, maintenant et pour toujours, ajouta-t-elle avec gravité.

Il glissa l'anneau à son doigt en embrassant le dos de sa main, puis sa paume pour finir d'un baiser brûlant sur ses lèvres.

Ils retournèrent au lit, Lilly la tête sur le torse de Laurent, lui dessinait des arabesques sur les pectoraux.

— Tu m'as manqué tous les jours de ces huit longues années.

— Malgré Emmanuel ?

— Emmanuel a été une parenthèse enchantée dans ma désolation amoureuse, répondit-elle avec sérieux. C'est un ami précieux et le père de ma fille.

— Vous vous voyez souvent ?

— Non et on n'a pas couché ensemble après la naissance de Sissi.

— Ce n'est pas ce que je voulais dire, se défendit Laurent.

— Je te le dis quand même. Il a accepté le fait que je ne l'aimais pas. Lui comme moi avions besoin de nous accrocher à quelque chose, on s'est fait ce merveilleux cadeau.

— Comment accepte-t-il le fait de ne pas voir sa fille ?

— Il voyage énormément, il appelle deux à trois fois par semaine. Il voit Sissi quand il vient en France. Et elle va tous les ans passer quelques jours dans sa famille. Leur relation est très forte, elle l'appelle mon papa de loin.

— Tu n'as jamais pensé à te remarier ? lui demanda Lilly.

— Oui, répondit-il malicieusement, avec toi.

— Je veux dire avant.

— J'avais compris. Non pas une seule fois. Rappelle-toi ce que tu m'avais dit. « Tu ne pourras jamais être heureux avec quelqu'un d'autre que moi ».

— C'était prétentieux !

— C'était et c'est la vérité.

— J'avais tellement mal, dit-elle dans un souffle.

— Je suis désolé, vraiment ! Je veux qu'on se marie vite, on a perdu assez de temps, tu ne trouves pas.

Laurent se leva subitement, et sortit d'un pas rapide, elle l'entendit parler depuis l'escalier.

— Je n'entends rien de ce que tu dis !

— Ce n'est pas grave ! répondit-il, en revenant vers elle, portant triomphalement un paquet.

— Avec huit ans de retard, bon anniversaire ma chérie.

Elle prit le paquet entre ses mains comme s'il pouvait s'envoler, défit les rubans et tomba en arrêt devant le superbe flacon de cristal.

Lilly Mon Absolu, lit-elle.

La gorge nouée par l'émotion, la jeune femme ouvrit la bouche mais n'émit aucun son.

— C'est ton parfum, essaye-le.

Elle ôta le bouchon du flacon se pulvérisa délicatement les poignets, et huma les effluves.

— C'est donc ainsi que tu me vois, demanda-t-elle à Laurent des larmes dans la voix.

— Et comment te vois-je ?

— Sensuelle, voluptueuse, chaleureuse, douce avec une pointe de mystère.

— Précieuse et unique, compléta Laurent.

Lilly remit le flacon dans sa boite et sans un mot se rendit dans la salle de bains.

Inquiet, Laurent la suivit et la regarda se brosser rapidement les cheveux, elle déposa sa brosse et s'avança vers lui toujours silencieuse.

— On rentre, dit-elle.

— Où ! demanda-t-il interloqué.

— Chez moi, je veux me réveiller avec ton odeur dans mes draps, j'en ai tellement rêvé.

— D'accord, allons-y !

Elle prit son paquet. Dans le salon ils ramassèrent les vêtements éparpillés n'importe comment et s'habillèrent en pouffant comme des ados.

Lilly mit les clés de sa voiture dans son sac, ferma la maison et suivit Laurent.

Ils firent mille projets sur le chemin du retour, et entrèrent chez Lilly sur la pointe des pieds pour ne pas réveiller Sissi et les tantes.

Rompus de fatigue, ils se couchèrent et s'endormirent aussitôt.

******

Les tantes de Lilly les découvrirent le lendemain dormant profondément, le bras de Laurent sur Lilly l'entourait de manière possessive dans le sommeil. Elles échangèrent un regard complice, descendirent dans la cuisine pour faire du café et se sauvèrent.

Ce fut la voix de Sissi qui les réveillèrent. La petite fille se tenait sur le seuil de la chambre, hésitante et un peu craintive. C'est la première fois qu'elle trouvait une autre personne dans la chambre de sa mère.

Lilly se frotta les yeux et ouvrit les bras à sa fille.

— Viens ma poupée, bonjour ! lui dit-elle en l'embrassant.

La petite dans les bras de sa mère glissa un regard vers Laurent.

— Tu as dormi dans le lit de ma maman ?

— Euh ! Oui, fit Laurent embarrassé.

— Ça veut dire que tu es mon autre papa ? demanda l'enfant.

— C'est-à-dire, je. .. Laurent regarda Lilly sollicitant du secours de sa part. Elle se contenta de hausser les sourcils, goguenarde. Bien, oui si ça te convient, je veux bien être ton autre papa, finit-il par répondre.

— Tu sais lire des histoires de princesse !

Lilly éclata de rire en s'écartant pour éviter le coup de coude de Laurent.

— Euh ! Ça peut se faire.

— D'accord, fit la fillette, en se levant. Maman j'ai faim, dit elle en sortant de la chambre.

— Va dans la cuisine j'arrive. Si tes tantes t'ont laissé du lait, tu peux le boire, je viens tout de suite.

Elle lança un regard moqueur à Laurent.

— Elle t'a bien eu, dit-elle, en l'embrassant sur le nez.

— Ta fille est redoutable.

— Elle est bonne négociatrice. Viens, je vais préparer le petit-déjeuner.

Ils descendirent tous les deux, Lilly en peignoir, Laurent dans ses vêtements de la veille et pieds nus.

Il regarda Lilly s'activer dans la cuisine en se sentant à sa place en compagnie de ces deux êtres qui lui étaient chers. Avec le sentiment d'être vraiment rentré à la maison.

Son regard glissa sur sa main où brillait la bague qui officialisait leur relation. Ce n'était pas le bout du voyage, juste une étape, et il attendait la suite avec impatience.

******

Leurs fiançailles furent célébrées dans l'intimité comme ils le souhaitaient tous les deux. La mère de Laurent, son frère, sa sœur, son mari et leurs enfants, les tantes de Lilly avec Fanny. Sissi et Paul qui apprenaient à se connaître et une Maria aux anges devant le bonheur de son enfant chéri.

Plus tard, dans la maison endormie, ils se tenaient tous les deux sur le balcon de la chambre de Laurent, admirant les fleurs nimbées de lumière nocturne.

— Maman va déménager au rez-de-chaussée, elle nous laisse tout l'étage.

— Pourquoi ?

— Pour qu'on puisse caser la demi-douzaine d'enfants que j'ai envie d'avoir avec toi. Que vas-tu faire de ta maison, une fois que tu habiteras ici ?

— Je ne sais pas. Déplacer l'atelier à l'étage dans la partie privée et peut-être ouvrir une boutique au premier niveau.

— Je pourrai m'en charger si tu veux.

— Tu n'as pas assez de travail comme ça !

— Si c'est pour toi, ce n'est pas du travail. J'ai envie de le faire, j'ai besoin de le faire.

Lilly acquiesça silencieusement, l'entourant de ses bras.

— Que pense Emmanuel du fait que je vais vivre avec sa fille ?

— Il m'a dit que cela fera deux fois plus d'amour à Sissi.

— Décidément, je sens que je vais apprécier cet homme.

La nuit se fit plus profonde, plus apaisante, Lilly étreignit étroitement Laurent.

C'est lui son pays, sa maison, son refuge. Dans ses bras elle était chez elle.

Fin

© 2017, Rosy Bazile
Edition : BoD - Books on Demand
12/14 rond-point des Champs Elysées, 75008 Paris
Imprimé par Books on Demand GmbH, Norderstedt, Allemagne
ISBN : 9782322083299
Dépôt légal : octobre 2017